U0099200

月球的一面

葉揚短篇小說集

葉揚 著

序

這是過去和現在的我，合在一起重新發行的一本短篇小說集。十二、三年就這樣過去了……重新閱讀舊時的小說文稿，覺得陌生又害羞，故事的某些部分令我驚奇，當初是從哪裡取材的？某些部分明顯生澀，好像看見自己的小孩出門時領子沒翻好，直到出版前的幾天，我都還打算將電腦打開，永無止境地修改下去，再改個五十遍也不嫌多。

不過有一件事是確定的，沒把衣服穿整齊的孩子，仍然無法阻止我對他們的愛。

月球的一面。寫這篇序的時候正是滿月，月球正以一張圓形發光的乖寶寶貼紙圖案，服服貼貼地按在黑夜的胸口上。

「你真的能理解我的全部嗎？」是這本小說集的軸心。

我寫了一群乖寶寶的故事：面面俱到的姊姊，聽話的家庭主婦，忠貞的前男友，負責任的父親。人是多面而立體的生物，過著有好有壞的日子。乖寶寶的人生容不容易？藏在好人的衣服底下，有沒有不為外人所知的深色胎記？

也寫了幾個踩在線上的角色作為對照：外表強勢的工作狂，暗中背叛的女友，無情的男人，以欺騙謀生的女孩……他們自私，頑強，偶爾對於自己做出的選擇，感到愧疚和沮喪。

二十幾歲時所寫的故事，好像都跟人的失去有關，那時的我年輕氣盛，得到的比失去的多，所以從高處跌落的故事很吸引我。

比起過去，如今我更體會出，人的一生是得到跟失去的交手，一下什麼都有，一下又兩手全空，說是面對面的翹翹板也可以，說是高低起伏的海浪也行。

比起得失，我在乎更多的是別的。好多事情讓我看見，沉重與悲傷裡，是人的強韌頂住了，有個下定決心的人，憋著一口氣，不發一語地在風沙中走了一段路，後面才出現了稍微讓人放心的風景。

陽光跟雨水來回交替。
藏在肉眼視線以外的月球會旋轉。

邁入中年的我，開始對生命有著這樣的，無比的敬意。

月球的一面

1

呱呱是我的雙胞胎弟弟。

他有一個很正經的本名，和家族榮耀有關，如果他知道我要寫這篇文章，一定會要求我不要提起他的本名。

呱呱從小綽號叫作呱呱，是因為他小時候很喜歡呱呱叫，開心的時候叫，不開心的時候叫得更大聲，最後會以對所有人丟東西作為結尾，親戚都知道，呱呱架子很大，脾氣很壞，鄰居的孩子只要一看到呱呱靠近，就會自動跑開。

我不一樣，出生的那天，我先從媽媽的肚子裡出來，是雙胞胎中的姊姊，根據媽媽一個好朋友的說法，我跟呱呱個性會那麼不同，是因為我們在雙魚座與牡羊座交界的那天出生，阿姨說我是雙魚座，呱呱是牡羊座，因為雙魚座的關係，我從小就是一個笑咪咪的小孩，我的綽號是咪咪。

一個女生的小名叫作咪咪，是很倒楣的事情，從小學開始，男生都會笑我，會用兩隻手掌擠著不存在的空氣乳溝，在經過時對我說：「現在是小咪咪喔，沒關係，等妳長大就會變成大咪咪！」這類無聊的話我每天都會聽到，聽到耳朵長繭。

隔壁班的呱呱聽到別人笑我，他會憤怒地像一隻暴躁的青蛙呱呱叫起來，直到現在我都會想起穿著制服的他帶著不悅的表情，食指指著對面那些男生大叫；「笑屁喔！你這個大屁股配小雞雞。」

2

親愛的呱呱，這是我寫給你的第三封信。

如果你已經收到第一封和第二封信，希望你不要打開來看，如果已經讀了信，希望你不要介意，那時候我太激動了，沒辦法把話說清楚，從上個月開始，聽從醫師的建議按時服藥的關係，現在的我已經好了很多。

大部分的時候我感到迷糊和安靜。

你在那個地方好不好？新家長什麼樣子？有沒有冬天會結冰的湖面？

你選擇了春天出發，我猜想那裡有湖，湖邊有生長濃密的樹，樹葉隨著季節變化。

你記得我們小時候最喜歡的卡通嗎？主角是一隻熊，牠說過，神祕的地方不能沒有湖。

那天，三月二十一號，我接到你的電話，感覺你從一個噪音很多的地方打電話來，你對我說：「咪咪，時間到了。」

「什麼時間？」我問。

「我確定要在今天離開。」
「啊？你要去哪裡？」
「不要送我。」你說。「妳來送我，我會捨不得走。」

3

你告訴我，離開現在的住處對你是好的，你的心願是去住在一個神祕的地方，趁自己還年輕的時候。無法說明詳細位置，你說，你只給了我一個寄件地址，放在書桌上，我查過了，是郵局設置的專用信箱。

呱呱，去了新的地方以後，你還是會在院子裡種花嗎？別忘了防曬，不然你的臉又要長痣了。

雖然已經是那麼多年前，我們一起去點痣的回憶，還是那麼鮮明。

衝動之下在網路上找到的一家診所，戴眼鏡的醫師，他年輕的臉長得像一隻剛出生的小鹿，我直覺那是一個醫術不佳的人（或許只是家裡有錢，父母替他在新的市鎮開了一間診所）。

「準備好就來囉？」他用一支頂端發出亮光的雷射筆燒你眼下的痣，呱呱呱呱，你叫得好大聲，醫師不解地自言自語：「敷過了麻藥，應該沒有那麼痛吧？」

「早知道我就不要來掛號，我在家用棉花棒沾鹽酸點痣也差不多是一樣的意思。」

那天你點了痣，臉上燒了一個洞凹得好深，我因為害怕就沒有點了。

付錢時你恨恨地說：「不加車錢居然就要兩千元，好像被小型隕石砸到我的臉。」

4

如果我們的童年是平安無事的，是不是很多事情都會變得不一樣？

畢業典禮時，見到同學有爸爸也有媽媽，大家抱著一束花擠在一起照相，我就會想起那件事。

把父母兩個人的死亡證明書收到文件夾裡的時候，腫瘤醫師過來致意，他對著我們說：「爸媽的狀況並不常見，你們兩位也是罹患癌症的高危險群，記得每六個月要做健康檢查。」

我們的爸爸跟媽媽，也算是某種程度的雙胞胎吧？他們過世的時間分別是五月七號跟六月七號，末期的凶猛癌症，難熬的一年。

5

呱呱，我聽你的話，去找了一個心理諮商師。

這也是為什麼，我每天都寫著這些沒頭沒腦的文字，裝進一個又一個的信封裡。

這個信封袋是我在文具店買的，傳統樣式，五個一組，一份二十八元。我在白色跟牛皮紙的兩種材質之間想了很久，買好了隔天又跑回去換。呱呱，如果你還在，一定會覺得這種小事，不值得浪費那麼多時間。

畢竟我跟你是不同的人。

諮商師說，面對難以接受的現實時，連續寫一個月，把心裡的回憶跟感覺寫出來，不論字多字少，對我是好的。

她把這個稱作一個月循環，內心的工作。

我問她：「一個月是三十天還是三十一天？」

她好像被我問倒了，她說：「都可以吧。」

6

長大以後，有幾年呱呱跟我過得並不好。他在當兵時操作機器不慎斷了一截手指，出社會工作的第三年，被新認識的朋友詐騙，好幾年的積蓄就這樣沒了。

「這是我第二次一無所有，」呱呱對我說：「第一次是把房子賣掉，錢都拿去買抗癌藥，錢花光光的那一個月，爸媽也死光光。哼，這次希望騙我錢的人也可以插鼻胃管跟氣切，然後瘦巴巴、臉黃黃地吸不到氣死掉。」

呱呱說完這段話，就走到浴室裡面一個小時不出來，可能在對自己生氣吧？呱呱長大以後，比小時候更有禮貌也更加慎言，但只要回到家裡，喝超過六瓶啤酒，就會這樣口無遮攔地把心裡的話，像食物中毒的方式又吐又拉地傾倒出來。

我一邊看電視一邊等，終於呱呱從浴室走出來，他的氣消了。

「咪咪，妳不用擔心我，一無所有這四個字，我比別人有經驗。」他拍著胸膛，笑得很有自信。

7

那段日子我也很慘，明明有對象，兩人住在同一個地方，卻跟男友很少見面，最後一次見他時，他正在公園的樹下，忙著親吻一個穿著高中制服的女學生，我走過去想要罵他，卻說不出一個字，最後只能把手上的紅茶丟到他們身上。

我發現人要活在當下，不是願不願意的問題，而是後面有沒有追兵。如果你需要全速奔跑才能活，如果你需要錢的時候，銀行說你沒有借貸資格，人就沒有條件去不想未來的活。

活在當下？你是搞笑嗎？倒楣的人學習活在當下，馬上就會被恐怖的現實海浪吃掉。

跟男友分手後，我連住的地方都沒有了，我拖著一個大行李箱，擠在呱呱的套房裡。吃完泡麵的夜晚，我跟只有九根手指頭的呱呱說：「欸，你去找新的工作，我也會去找另一個住處，不管從哪裡都好，我們重新開始。」

蹲在角落的呱呱點點頭，他捧著碗，把冷掉的湯全部吸乾，想了一想說：「我們找一個大一點、有客廳跟廚房的房子，錢先去跟阿姨借借看。」

「確定要這樣？」

「雙胞胎大反攻，要先有個基地吧？」

一個星期後，呱呱去速食店打工，他站在收銀機前問我：「飲料薯條要不要加大？」我看著他按點餐螢幕時，把只有一半長度的無名指藏在中指下面。

8

呱呱啊，後來的事你記得嗎？

我們扶搖直上了。

我去幼兒園當清潔人員，每天清理嘔吐物，你應徵去了醫學院的地下餐廳街工作，中式餐廳，四十元的小菜裡有醃小黃瓜、海帶跟豆干可以選。你故意騙新來的店員，說自己少一根手指，就是被餐廳老闆要求加班，切菜切到恍惚，把手指當成豆干切掉了。

還有一次，在上菜時，你大聲說這是一盤好吃到會讓人想死的小黃瓜，因為這樣的說法，被客人投訴。

「醫院裡的餐廳，不能拿生命開玩笑。」店長很嚴肅地指出你的錯誤：「黃瓜好吃就說好吃，講成致命的黃瓜，你有事嗎？」

你模仿店長一板一眼說「致命的黃瓜」的時候，我覺得很好笑。

我們開始住在一起，房東感嘆地說，你們這對情侶長得真像。你還接著問：「年輕人都沒錢結婚了，能不能減點房租？」

看著你拆紙箱的背影，我突然想到一件事：「欸，自從爸媽死後，我不能再走這個醫院的地下通道了，走到入口我就全身不對勁，你也會這樣嗎？」

「什麼意思？」

「萬一有一天，你也生病了……那個地下通道跟我同行的人，變成生病的人……」

你回頭，露出八顆牙齒對我笑，你說：「想什麼？雙胞胎同進同出，現在又沒有人要死啊。」

9

呱呱離開家的那天，我散步去公園。

只是人還沒走進公園，我就在路口跌倒了。砰地一下摔得不輕，手掌跟膝蓋破皮，額頭微微滲血，旁邊的人看我一眼，然後就加快步伐經過我，繼續過馬路。

想起呱呱說過：「台北的人都很無情。以前是台北以外的人這樣說，但我自己是台北人，連我都覺得台北的人很無情。」

我很想你，呱呱，尤其在跌倒的時候，我希望你在身邊，至少你不會很無情，你會知道我已經跌倒太多次，超過這一生應有的分量。

再摔下去就只能怪老天沒有良心了。

10

治療師建議我把心裡的想法寫下來，我做不到。

她建議，如果是寫成故事呢？

「把確實發生過的事件寫成一則故事，要面對真實的回憶，太不容易了。」

「不然妳寫成信吧，對一個掛念的人，描述妳腦中正在想的事情。」

諮詢時間剩下一分鐘，我答應回家試著寫寫看。

呱呱，要是你能回來就好了，如果你在身邊，我就還有一點能力，再跟世界纏鬥一陣子。

我希望你同情我，又知道你會看不起我。

11

幼兒園跟醫院之間距離只有七百公尺，下班後，我常常去醫院的美食街找呱呱。

有一天他提議：既然人在醫院，不如安排一個健康檢查？「醫師不是說過嗎？我們是高風險，要定期檢查？」

呱呱把一張很像廣告傳單的紙從包包裡拿出來，推到我面前，他說：「照超音波跟X光有打折，抽血還可以加做好幾項基因檢測，是員工福利。」

呱呱做切片檢查時需要住院，我去看他，在電梯裡面，一個老阿嬤牽著一個小妹妹，她跟妹妹說，等一下進去的時候，看到爸爸不要哭喔。她才說完這段話，自己就哭了起來。

可能是電梯很擠的關係，也可能是老阿嬤長得不高，老阿嬤哭的時候，她的頭靠在我的肩胛骨上，我用我的背支撐著，感覺她啜泣的頻率。

我好希望也有人可以讓我靠一下。

12

也不是天天都是消沉的。

你留了一張刮刮卡在我的桌上。中獎金額是台幣一千元。

便利貼上寫著，「以下這段話用念的會咬到舌頭——呱呱刮中了一張刮刮卡，呱呱刮，刮刮卡」。

是你的字跡，一個鬼臉塗鴉代替你的簽名。

我是咪咪，笑臉迎人的咪咪。

13

最終檢查報告寄到家裡來的時候，呱呱故意不給我看，我很著急，急著要把報告搶過來，呱呱突然大笑，他唱著那首陳小春的歌，只是改了其中兩個字：

「神啊！救救我吧，一把年紀啦，一個紅字都沒有……」

14

這幾天不喜歡說話，盡量避免跟人接觸，只要有人想表達關心，我就躲到遠遠的地方。

呱呱不在身邊，令我感到不安，每天醒來我就坐在沙發上空等。

上週我跟主管討論，能否將清掃工作改成晚上，我跟他說謊，我說因為白天找到了其他工作，無法兼任幼兒園的工作，其實是我想要在四下無人的時候打掃。

白天我只做一件事，等某人回來，等的時候保持一言不發。

15

心理諮商師用很溫和的語氣問：「怎麼了？最近還好嗎？為什麼文字越寫越短了？」

出門對我來說已經艱難，把想法變成文字寫出來更難。

還有，我最討厭別人問我：「怎麼了？最近還好嗎？有沒有好好照顧自己？」

生活優越、無煩無惱的人，才會自以為仁慈地問出這一連串的問題。

16

出現一個想法，不知道是好是壞。

現在，就算什麼時候死，怎麼死，我都覺得無所謂。

人活著到底有什麼好的地方，我不知道。那些口口聲聲說生命應該有目標要追尋的人，都是被世界好好對待的人吧。

呱呱，從今天開始，我不願意再寫信給你了。

17

谷底。

谷底。

谷底。

我對這兩個字，從一無所知到具備深入的認知。

18

昏睡到中午才醒來。沒有食欲，也沒有其他屬於人的正常欲望。

下午花了幾個小時練習轉移注意力大法。

一則網路文章寫著——

「悲傷的時候，必須在兩分鐘內轉移大腦的注意力，去做任何其他的事，而不是停留在焦慮不安的心情裡。」

為此我做了以下幾件事：

查詢八卦雜誌的報導，了解香港小姐被富商包養的價碼。

聽說抓螞蟻要使用某種特定品牌的痱子粉，幻想自己坐了四十五分鐘的公車去買了三罐。

打開線上音樂平台，用呱呱之前的註冊帳號，聽宮崎駿的歌曲，然後接著聽搖滾樂。

聽完搖滾樂變得好想出門，穿著夾腳拖準備去超市，在搭電梯的時候反悔了。

反覆念著九個字，袁詠儀居然被包養過，袁詠儀居然被包養過，我跑回家裡把大門反鎖。

袁詠儀居然被包養過。

19

是從一個電視節目上看到的，講述月球的特點。

穿淺藍色襯衫的專家說，因為月球要公轉，又要自轉，因此長期以來，月球都以同一面面向地球，兩者的關係為鎖定狀態，這是永遠無法改變的軌跡。

原來我們都只能看到月球的一面。

也就是說，不論我有多了解你，花多少時間跟你在一起，你只能看我的這一面，我也只能看到你的這一面，無論多麼親密，都換不了角度。

是不是有點悲傷？

地球跟月亮以為彼此形影不離，原來他們想錯了。

20

在漆黑的夜裡醒過來。

我想著什麼你知道嗎？

呱呱，我覺得足夠了，對你的思念，對你的怨，我愛你但我恨你的決定，我認為你自私，留下我一個人，我那麼努力，努力在你旁邊，努力把事情做對，寸步不離地當一個充分無私的姊姊。

我張開眼睛，發現全都是我的問題。我把自己的人生架在你們的地基之上。

我以為只要爸媽戰勝癌症不要死掉，我就可以活；以為只要你找到工作，手上有錢讓日子過得好，我就可以活；我確信你們不好，我不可能好。為了這個我把打工的錢拿去買營養補充品，每週固定一天去廟裡拜佛，花兩個小時雙腳跪著念經求平安符。我人生的終極目標是你跟爸媽都在大房子裡吃著四菜一湯，微笑地說：「啊，跟咪咪在一起的日子真是幸福啊。」

他媽的我張開眼睛發現都是我的問題。

外面的世界對我需索無度，我被拋下，一個人還要自己去看心理醫師，剖析自己的遭遇，學著獨自站起來。過去受的每一頓苦，我都視作我們正在長大的過程，我以為只要有堅強的個性，勇敢去面對，一切終究會好，你會長大，我會長大，有一天我們會有溫暖的被窩，體面的襯衫，從此以後過著幸福快樂的生活，我從未放棄等待這一天的到來，自己好像浮在一層泥巴上，死命抬著頭，能讓鼻孔的兩個洞有吸到氣就可以了。

我等了好幾年，等到你突然說沒辦法再這樣下去了。

你說你一無所有，我呢？

呱呱，我呢？

21

聽見有人砰砰砰地敲擊大門。

我跑去開門。

是房東。

「怎麼搞的啦，按了好幾次門鈴，妳怎麼都不回應啊？」

我一臉迷茫，房東跑出去，又跑回來，一臉歉疚地說：「呀，是電鈴壞了。」

「呱呱呢？你們兩個不是住在一起嗎？」

「呱呱去了很遠的地方。」我回答。

「什麼時候回來？」

「不知道。」

「妳自己一個人有辦法生活嗎？」

「有吧。」

倒了一杯茶，把接下來的兩個月房租拿出來給房東，他喝了幾口茶，等了一下才說，最近需要錢，打算把房子賣了，問我要不要買。

電視開著，插入一則新聞快訊報導——

「北市棒球場，今天清晨地面突然塌陷，在球場中央形成一個巨大天坑，市府相關人員正在勘驗中。」

房東喃喃自語著：「咦，這座棒球場不就在附近嗎？」

我趁機問他：「如果附近地層有問題的話，這房子應該要賣便宜一點吧？」

真是機智的咪咪。

22

被迫搬家真討厭。

還有一個半月的時間可以找新的住處，這次只要一個小套房，大換小，放得下一張單人床跟小茶几就可以，我想時間跟錢應該都足夠。

我站在爸媽的靈骨塔的接駁車前面沒有上車，轉身走回家，把整個抽屜的東西都倒進垃圾袋裡。

我不需要諮商師，我自已可以，從現在開始我要看透我自己，用最大力氣拿起一把刀切開肚子，把裡面臭掉的酸楚都挖出來。

或許爸媽沒有悽慘地死掉，或許呱呱不是消失的雙胞胎弟弟，真假不重要，時序不重要。對新的咪咪而言不再重要。

像狼嚎那樣，我在月圓之夜痛哭一整個晚上。

23

新找到的房子很偏僻，靠近山，有一個通往森林步道的階梯，是廢棄的，長年未修。

水泥階梯的頂端被樹蔭與雜草覆蓋，無法跟別人說話的時候，我經常在週末的時間一個人坐在那裡。

一隻土黃色的狗來了，在雨中趴搭趴搭踩著濕黏的泥土，看到我獨自一人坐在陰影中。

老狗停下了腳步，在兩公尺外看著，這不是人類會來的地方。這道理連狗都知道。

對人生這個題目，我花了時間想，越想越知道，那些鼓勵上進、不要放棄的勵志書幫不上忙，只有雜草跟荒蕪能讓我理解自己的處境。

春天就要過去了。

新的一年，整個世界都努力要輕快起來，疫情像一件潮濕過季的外套要被脫掉，在天色暗下前我問老狗：「要不要一起回家？」

24

凌晨三點五十八分。

眼睛張開時，看見牆壁離我近了一些，不，不是稍微近了一些，牆壁好像獵食動物，一步一步靠過來，左邊的牆，右邊的牆，朝著我夾擊。

天花板上出現一台好大的吊扇，黑色葉片開始旋轉，我想著：「明明家裡就沒有吊扇啊。」

意識到自己卡在夢裡醒不過來，有兩位服務生走進來了，看不見他們的臉，他們拿著梯子，在天花板上裝了新的吊扇，一台、兩台、三台。服務人員裝好後，吊扇啟動，風好大。不只是兩邊的牆壁，連天花板也慢慢降下來了。再過三秒鐘，我不再是一個人的身體，而是一塊被壓扁的夾心餡料。

啊，好可怕。

25

已經有十天未去諮商。

不過我仍然繼續諮商師的建議，斷斷續續寫著內心的紀錄。

第一個念頭，人生跟我期待的不一樣，不是壞事（我一點都不喜歡自己在這個黑漆漆的時間醒來，但也沒有悲劇到需要哭天搶地）。

第二個念頭，所有的東西都在滾動——時間的滾輪，事件的滾輪，人際關係的滾輪，造就了一台車。

我把自己理解成一台車，把時間跟事件，還有你，都看成輪子。

26

咪咪，妳好嗎？

我在新的地方住下來，一直到現在才給妳寫信。

我很好，跑到一個新地方去住，當然會出現一堆需要煩惱的事情，比如說我的鄰居整天放的音樂既大聲又沒有品味（他經常不在家，我想抱怨都找不到人），這裡的食物很平淡，不像台北的餐廳那麼好吃（這幾天我試著不那麼依賴吃東西這件事，問題就解決了）。

夜晚的時候，難免會寂寞。好消息是每天一早起床後，我就能去散步，只要走出門，風景優美得不像人間。就算生活變得不一樣也不是很大的問題，我會適應，不要擔心。

對妳來說，我離開得很突然吧？不過這是一個不得不離開，對我來說，恰當的時間。

請不要以為我厭倦一起生活的日子，完全不是這麼一回事。

妳在老地方也好嗎？

27

呱呱，接到你的信真好，好不容易聽到你的消息。

我開始養狗了。

我是在新家附近的步道見到這隻黃狗，因為房東要賣掉房子，我不得不離開原來我們一起住的地方，我嘗試用各種方法引誘，但牠就是不願意跟我回家（我說的是黃色的狗，不是房東），我也只能每天在步道等待，牠還沒有名字，我們暫時停留在互相認識的階段。

想聽你說說那裡的天氣，現在是冬天嗎？冬天有多冷？我是得依靠氣溫來想像一個新地方的人，我現在想像你穿著灰色的毛衣，黃色的羽絨外套，在冰冷的空氣中走路，這樣想是對的嗎？

28

這樣想是對的嗎？

練習這樣想或是那樣想，是有用的嗎？

實話是呱呱死了。

死得很慢，很辛苦，並不像打通電話說要去遠方那樣簡單。

能做的都做了。

29

那天是晴天，呱呱上午醒過來，說要喝果汁，我拿了錢包去樓下買果汁，電話響了。

呱呱做了最後一個手術，捐出眼角膜，蓋上白布，無須安排火化的日期，因為呱呱生前簽了遺體捐贈志願書，醫學院派車過來，領走了我的弟弟。

實話是呱呱死了。這個世界再也沒有他明亮的眼睛。

我無法接受，甚至連見最後一面的記憶都沒有。

最多只能想成呱呱去了很遠的地方。

那個很遠的地方是存在的，我寫信給他，他會回信給我。

30

呱呱，有好消息要跟你說。

我找了一陣子，終於找一份新工作，除了筆試以外，還要面試三次。

我拿到識別證，門禁卡，得到進去醫學院的研究大樓打掃的機會。

呱呱，你在那個地方好嗎？新家是長什麼樣子？有沒有冬天會結冰的湖面？

姊姊來了，姊姊要來看你了。

31

咪咪，我現在就穿著灰色的毛衣寫信給妳。

春天才剛開始，湖面的冰溶化了，後院的土壤很不錯，我種了一堆植物，昨天收成了小番茄。

沒有二十四小時的便利商店，也沒有網路，成為我煩惱的事情，直到離開後才發現，原來我會懷念都市的生活。

我跟妳說，這裡看到的月球很特別。不是特別大，也不是特別亮，怎麼說好？

從以前我們住的地方抬頭看，月球就像一張貼紙，死死地貼在夜空裡。然而這裡不一樣，我從第一天就發現，它可以用非常緩慢的速度，三百六十度旋轉，當它轉動起來，有時會露出凹凸不平、灰黑陰暗的一面，有些時候，球體展現出絲綢般的銀色，如海豚的皮膚那樣光滑。

夜晚我常常坐在地上，抬著頭安靜地等待，整個天空灑落細緻溫柔的奶油微光時，我想著妳。

咪咪，我很確定，終有一天，我們會見面。我已經想好了，等到妳來的那一天，我會穿上那件黃色的外套，出門去接妳。

在如夢的月光下，我們走路回家。

馬死了、國王死了，
或者是我死了

述說遭遇的事情前，先講一個不太相關的故事。

婚後第二年，曾經有一天，濕熱的天氣，走在買菜的路上，先生打電話給我，他說：「妳現在趕快回來。」

我不知道發生了什麼事，拎著剛買的一塊蘿蔔糕回家。一進家門，婆婆毫無遲疑便伸手打我一巴掌，尖著嗓子說：「妳這個不要臉的女人，居然敢偷錢。」接著她抄起陽台曬衣竿，連續打了我好幾下。

我哭著說不是我，我沒偷錢，沒有人相信。婆婆住附近，她衝到家裡一口咬定是我拿走的錢，她說我娘家窮，這樣家庭環境長大的人天生命賤，她打我是要把我教會。

我不會忘記先生站在那裡，冷眼旁觀的樣子。

婆婆打我後，可能是覺得自己力氣不夠不足以洩憤，想了想又把兒子叫過來，要我在客廳跪下，讓先生拿著竿子打我，先生有點猶豫輕輕打了一下，她嫌不夠，要先生更用力去打。「女人做了這樣的事，不為家庭著想，還藏錢不曉得要給誰花，就是該打，打到有記性。」竿子落到身上的次數，超過十次我就沒再數下去，我被打得很痛，額頭跟頭髮交際處甚至流出了血。由於心裡很害怕的緣故，也不知道哪來的想法，我立刻承認錢是我偷的。

「我就知道，」婆婆銳利的眼光看著我，「花掉了沒？」

「沒有，我藏起來了。」我告訴他們，錢是我早上拿的，那十萬元的鈔票，就藏在房間的某個衣櫃下面的抽屜裡。

大家一定覺得不可思議吧？明明沒做的事情，為什麼要隨便認錯呢？其實我會這樣亂說，只是因為我感覺身體受了嚴重的傷，心裡過度驚慌，直覺不想再被打了，這是人性吧，即使這個謊言毫無根據，一定會在三十秒後，等到婆婆把衣櫃所有的抽屜都打開檢查後就被拆穿，我也要死命爭取那區區半分鐘，不再被痛毆的時間。

每次提起這一段回憶，我就聯想到那個馬會飛的事……

曾經有一個人，被國王判處了死刑，受刑之前，國王問他是否還有最後的遺言。那人立刻表示他有一種養馬的方法，半年之後，可以讓馬長出翅膀，天馬行空，十分壯觀。

「這是真的嗎？」國王很有興趣地問。

「當然是千真萬確。」

「好，那我派你去養馬，真能養出翅膀來，我就免你一死。可是萬一沒有呢？」

「那麼陛下半年之後再將我處死，也還不遲啊！」

國王聽了欣然同意，派了一個養馬的的官職給他。死囚變成了御用的養馬官，他的朋友們覺得奇怪，紛紛跑去問他：「你真的能把馬的翅膀養出來嗎？」

死囚笑著說：「半年之後的事情誰曉得呢？也許馬死了、國王死了，或者是我死了？」

我撒了一個三十秒就會被揭穿的謊言，我曾是那麼卑微。

「我把十萬元藏在房間的衣櫃抽屜裡。」

婆婆翻遍衣櫥也找不到十萬元，只好報警，警察先生調了監視器畫面，看見一個陌生男子潛入家中，打開抽屜輕鬆拿走了錢，我才在這一個畫面之中得到清白。臨走前，年長的警官注意到我臉上的傷：「還好嗎？」「我沒事。」我說。坐在沙發上的婆婆沒有再說什麼，先生也沒說話。

那天晚上，我蒸了蘿蔔糕給他們吃，搭配兩顆粽子，他們沒注意到我沒吃。

☽

也許馬死了、國王死了，或者是我死了？

又是好幾年過去，自從先生離開家以後，我就不再上街買菜，再也不需要服侍他了。

我決心不再讓自己留在原來的家裡，那裡留下的，全都是我失敗人生的痕跡。

婚後辭去工作已經八年，生了女兒後，我們全心全意嘗試著再生個兒子，沒有任何結果。直到外面那個女人，口口聲聲說她懷孕了，幾個月過去，檢查結果確定是個男孩，後來的事情就只能變成現在這個樣子。

其實我有點訝異，先生那邊的家庭都是贊成他離開我，簡直就是採取全家鼓掌通過的形式，整個離婚手續辦得好像喜事一樣，我的肚子沒消沒息，處在絕對劣勢，他們留下原來我們住的房子給我，連同一千五百萬的房貸債務，好像從此互不相欠似地，就這樣一夥人喜洋洋地揮揮手離開了。

我帶著五歲的女兒住在空盪盪的，原本有爸爸但爸爸不再回來的，像是家又不是家的屋子裡。最初的一個月，每天醒來，唯一能做的事就是一直哭，哭完了就開始找房子。售屋網路上那一間間房子的展示，在我眼前，常常變成水濛濛地一片。我從來都沒辦法優雅地哭，衛生紙被我捏成一團一團地，散落在桌子上，就像打翻的餛飩湯。

女兒年紀還小，對於父母離婚這件事不是太明白，偶爾她會問起爸爸什麼時候回來，我要先生打電話給她，先生也只是草率地應付一下。吃飽了嗎？睡飽了嗎？妳乖乖聽媽媽的話好不好。頂多這三句，女兒想多講都不行。我總是問自己，這是什麼時代了？男女的性別是怎樣的天差地遠？全都是親生的骨肉不是嗎？從某一天開始，我不再為自己感到難過，只是很可憐我那一心愛著爸爸的小女兒。

在離婚的一個半月後，那女人打電話約我見面。「有事想跟妳談談，方便嗎？」她在另一頭，吞嚥著口水，小心翼翼地問我。

不知道為什麼，她打來的電話，讓我心裡面有顆希望的種子，莫名地一點點發芽起來。我送女兒到幼稚園去，依照約定準時出現在餐廳裡。在熱鬧的用餐環境中，我假裝若無其事地研究著菜單。十五分鐘後，穿著一襲柔美白色洋裝，嬌小的女人挺著肚子走了過來。我注意到她手上並沒有戒指，那希望的芽便往上又長高了一些。站在一旁的服務員替她拉開椅子時，一面客氣地聊著天，哇，肚子好大了，應該快生了吧。謝謝，大約再兩個月。獅子座嗎？男生女生？她將腰桿挺了起來，那已婚婦女的氣勢，如大水般洶湧地向我襲來。

女人緩緩坐了下來，對我點了點頭。我意識到這是第一次見到她本人，那感覺並不好受，於是只能低下眼對著她隆起的肚子瞧。七個月大的肚子並不算小，高度大約十五公分，卡在我們兩人中間，不知不覺地讓我想起自己消逝無蹤的青春。

我有一種人生真的很荒謬的感覺。

大部分的時候我不怪誰，真的。在我全心全意放下尊嚴，決定當個安分女人，當我溫順地因為一個嬰兒的性別簽下了離婚同意書，我知道，是那樣的放棄，殺了其他部分的我。

她點了熱檸檬汁，我點了紅茶，我們雙方很有共識地安靜了三十秒。在恍恍惚惚中，我回憶著上次見到自己的婚戒，是小女兒拿來辦家家酒的時候，然後，那個東西去了哪裡呢？穿著白色洋裝的陌生女人，和我坐在同一個圓桌前，將我的記憶拉回當時的婚禮，男人穿著白色的西裝，站在禮堂前等我走過來，他對來賓說，要一生一世照顧我，那個帶著爽快微笑的男人，曾經讓我相信了一些事情，現在，那個東西去了哪裡呢？

白色洋裝的女人，她的嘴巴在動，我卻聽不見她說的話，接著從桌子底下，她推給我一筆錢，要我好好照顧自己的小孩，盡量不要再出現了。儘管餐廳很吵，我依然很記得她要我盡量不要出現的語氣，好像我是腐敗發臭的過期食品，誰都要捏著鼻子從冰箱裡扔掉的樣子。她的錢裝在白色的信封袋，壓在我的膝蓋上，就像一袋白包，宣告著死亡。過去的事就過去了，節哀吧。我聽到肅穆哀悼的背景音樂演奏著。

先生連最後一次給錢，都不願意親自來，大肚子女人以勝者全拿的姿態舉起手結帳，這樣的結果，要我不服都不行。

我沒有大吵大鬧，緊緊抓著沉甸甸的那一包鈔票，想著這樣或許對大家都好。

離開餐廳，我立刻去幼稚園帶女兒回家。「怎麼了嗎？」老師問。「沒事，只是剛好有事先來帶她走。」

女兒很高興，她喜歡比別人都先離校的感覺，可能就像棒球比賽先馳得點的球隊，她洋洋得意地跟好幾個同學大聲說了再見。在車上我問女兒：「妳有看見媽媽的戒指嗎？」

「嗯，上次玩家家酒的時候有拿出來。」

後來呢？

後來就想不起來了。

「對不起，媽媽，我把你重要的東西弄丟了，是不是？」

「沒關係。」我回答。

有什麼關係呢？反正我的婚姻跟妳的家家酒一樣不真實。

晚餐吃飽後，整理碗盤廚餘，我盯著廚房裡的銀色鐵製垃圾桶，感覺連它都比我高尚，洗衣機發出清洗完畢的歌曲，好像它很喜歡洗衣服，我走到陽台，拿起曬衣架。說不上來什麼東西吸引著我，我靠近女兒牆邊際往下看，想像自己從樓上摔下去變成一團肉醬的模樣，如果我死掉，或許這樣人生比較不難堪。

小女兒不知不覺地走到我身邊，那時候我已經坐在牆沿了，「媽媽妳要去哪裡？」她用童真的聲音說：「我也要跟妳一起去。」

我張開眼睛，第一眼就看到手中的曬衣架，被我對折成一半，我聞到月光、風、鐵鏽、洗衣精混合在一起的香氣，我是一個家庭主婦，我也是一個人，我意識到自己非得做一些改變不可，後陽台是我的地盤，我在這裡工作了那麼多年，誰都沒有資格抹滅這份努力。

帶著不知道從哪裡冒出來的骨氣，我轉身從陽台的女兒牆爬下來，把先生留在那裡的菸灰缸狠狠地丟到對面的頂樓。

☽

「想改變一個人，只有三種方法，」這段話是我從書架上隨意拿下的一本書看到的，一個來自商學院的教授的建議：「改變時間的分配方式，改變居住場所，改變身邊來往的人。」

改變時間的分配方式。第一件事是開始打包，我不能再留在悔恨之中，必須狠狠地把家裡所有男人相關的用品全都丟掉。除了他那件藍色的睡袍。很難說得清楚其中的道理，但他睡袍的衣領上有我買的香皂的味道。我想，雖然有些矛盾，但現在的我總是得有些什麼東西可以證明我是曾經這樣愛過一個男人，所以我把睡袍丟到行李箱。

改變居住場所。兩天後的下午，房仲業者依約來家裡估價，他對我提出的第一個問題就是：「這些家具都可以留著嗎？」

「連鍋碗湯匙都留著。」我點點頭回答：「我要重新買所有的東西。」

「妳的老公一定很疼妳。」那年輕的業務員笑著表示，表情很羨慕，他接著說：「新家裡什麼都要新的才算數。」

我不好意思再多說什麼，就只好跟著他一起傻笑。那好像是離婚後，第一次我癡癡笑了這麼久。

☽

該怎麼改變身邊來往的人？

每個星期，我住在鄉下的母親都會和我打電話。她是個相當傳統的婦女，因此，我在電話裡，並沒有跟她多說什麼。直到有一天，女兒在電話裡跟外婆說，爸爸沒有在家裡，他去別的地方旅遊了。她才覺得有點奇怪，發生什麼事了？她問，你們兩個是不是吵架了？

很多事情是不論對錯的，我明明沒有做錯什麼，卻在這個時候，覺得抬不起頭，想起自己和丈夫初結婚的時候，媽媽花了好長一段時間教導我如何做一個好妻子。現在該怎麼跟她說，我飯也做了，衣服也洗乾淨了，但他還是決定跟別人在一起。總覺得媽媽不會理解的，她也只有我這個女兒，但她從不曾因為這個原因，被她的男人拋棄。

「我們沒有吵架。」我淡淡地說：「只是兩個人有些想法不一樣。」我並沒有騙她，從頭到尾，我都沒有真的跟誰吵架，或許這才是真正問題的根源。

好幾個月就這樣過去了，這期間，每逢週末，我就帶著女兒到處去看房子，沒有一間中意的。我只要聽到這間房子原來的屋主是一對夫妻，因為有了孩子，要搬到更大的地方去，這樣的故事就讓我不由自主地想吐。我知道這是我個人的問題，但我也沒辦法處理。

接連看了三十多個房子都不滿意，那個幫我介紹的客戶經理，也漸漸不太理我了。我也不怪他，畢竟連我自己都搞不清心裡真正要的是什麼。

☽

有一天晚上，在一個奇怪的夢之後，我突然想起了那間真的令我心動的房子。

那房子出現在一個陽光燦爛的星期天，那天中午，先生接到公司的電話說要加班，我替他把皮鞋擦好，要他穿上毛衣背心。

「小心著涼，」我說：「你辦公室的空調特別冷。」

先生聳聳肩沒有說話，把外套脫下來放在旁邊的椅子上，聽話地套上背心。我和女兒送他出門，女兒堅持要送到巷口，車子離開時，她還獻上一個飛吻。

接著我在家裡拖地澆花洗衣服，難得天氣這麼好，我把沙發上的椅套一一拆下來，正打算拿去外面的陽台曬曬，就在那一秒，我發現先生遺落在沙發上的手機螢幕，停在一個讀取訊息的顯示窗格。

那是只有一個地址的簡短訊息，並沒有顯示來電號碼。我雞婆地打電話去先生的辦公室，也沒有人接聽。由於他從事的工作跟財務借貸業務相關，常有大筆資金進出流動，於是我就開始胡思亂想了起來，我甚至天真地擔心會不會就像電視裡的社會新聞那樣，是黑道人士傳簡訊告知他談判的地點，先生該不會單刀赴會，就被壞人抓走了吧？

哎呀，想想像我這樣的家庭主婦，成天擔心東擔心西地，又有誰是真的領情呢？

胡思亂想一陣後，終於受不了，便決定坐計程車到那個簡訊中的地址去。開了一段不算短的距離後，司機指指前面的建築，告訴我地址就是這裡。下車一看，佇立在我面前的是一家豪華氣派的汽車旅館，有個穿著窄裙的女服務員喜孜孜地向我走來，我不自覺地往後退了幾步，手上還抱著女兒。

「哇。」女兒發出了誇張的驚嘆聲，掙扎著我的懷抱，把頭往前伸。那時的我，可真的是一句話都說不出來了。

我跟門房說了先生的名字，他翻翻一疊資料，說剛剛才入住沒多久。「他是一個人來嗎？」我問著。「爸爸是穿灰色背心，短頭髮的。」女兒接著補充。門房給了我一個很尷尬的表情，我才從那牢不可破的傻女人中慢慢明白過來。

門房抬起頭問我有什麼事嗎？我回答不出來，居然瞎編了我是先生的妹妹，家裡有緊急的事要找他，那小夥子看著我，不知道該怎麼辦才好，只好說，那需要我現在打電話到房間給他嗎？

我真的不敢想，要是現在就打給在房間裡的先生，事情會變成什麼樣子。只好臨機應變說，沒關係，請再給我另一間房間，當那位先生退房的時候，麻煩你跟他說一聲我在這裡等他。

既然要了一間房間，服務人員便開始拿著像菜單的本子出來對我詳細介紹，我真的好落伍，都不知道現在的汽車旅館，竟然有各式各樣夢幻名字的房型可以選擇，既然要演戲，我就演到底，女兒看著照片挑選起來，她三心二意先選了日式禪房，又被歐式的裝潢給吸引，好不容易選了一個英式維多利亞古典套房，才一進房門，女兒就興奮透了，我自己也被浴室裡，佇立在中間的超大按摩浴缸嚇了一跳。

後來的事情就是那樣了，兩個小時後，先生打了手機給我，在電話中他說了一些話，我坐在碩大的旅館房間裡，沉默了很久，倒是女兒最後把電話搶了過去，高聲地說：「爸爸你都不知道，我們在比家裡還漂亮好多倍的一個地方，媽媽說，除了電視不能打開看以外，我要幹嘛都可以，你也快點一起來，一起來玩……」

走出旅館門口時，先生就站在那裡，他穿著同樣的灰色背心，旁邊沒有別人，「爸爸你終於來了。」女兒跑過去抱著他，他將女兒扛在背上，我跟他保持著一段距離。大約五分鐘，我們兩個人沒有話說，他只好領著頭慢慢走到車子旁邊，我們當年一起買的車，現在停在另一個房間的車庫裡。

離婚後這陣子，我常常想起青春跟選擇的事情。這麼多年來，我跟先生一起做了一些決定，我們戀愛，結婚，有了女兒，買了房子，柴米油鹽生活在一起。漸漸地，我聽他的意見，不再自己做出選擇。記得他有次若有所思地問我：「我們不再年輕了，怎麼辦？」我在心底問，年輕又算是什麼呢？但我終究沒說出口，只是默默看著他，等著他說出答案。

其實我的青春，那些奇奇怪怪的夢，早就在嫁給他以後，掉進生活瑣碎的雜事裡，再也跑不出來了。

而現在，當我終於開始思考以後，不知道為什麼，那間英式古典套房的畫面，和深藏在背後的一些道理，就讓我在夜裡，睜著眼睛睡不著。

我想著，如果那個女人，可以不費任何氣力，就躺在那麼浪漫美好的地方，挺了個肚子出來，我又何必每天灰頭土臉地待在家裡測量體溫，注射荷爾蒙，等著先生回家？反正現在社會裡做個情婦也風光成這副德行，那我也要過過那種跟公主一樣的生活，我礙不著誰，誰也管不了我。我想著想著心裡明白了，便安穩地睡去。

☽

隔天一早，我跟吃著早餐的女兒說：「我們一起搬去那家汽車旅館住吧。」

「什麼？」

「媽媽跟妳啊，我們一起去過的那個旅館，還記得嗎？」

「英式維多利亞古典套房？」剛掉了門牙的女兒，說話並不太標準，但她卻一字不漏地準確念出那個房型的名字，我露出微笑點點頭。

就這樣，女兒高興的表情藏也藏不住，跳上跳下地也跟我一起認真打包起來了。晚些，我打電話到那家汽車旅館，說明我要住一個月，對方熱情地給了我八折的優惠。這可引起我的興趣了，我問，你們總共有幾種房型？電話那一頭算了一下說一共有二十八種，我說，如果我每間房都住個三天，你幫我算算能再打幾折。

「每三天就換一間房嗎？」接線生有點不可思議的逐字詢問，就怕是聽錯了。「是的，沒錯，」我肯定的說，「我打算花個半年享受貴旅館這些變幻無窮的房型，就看你們可以算多便宜給我。」

現在想起來有點好笑，其實不管發生多難堪的事，在某些方面上，我那家庭主婦無論如何都要議價，喜歡打折的性格，還是很難去除的。

「對於長住的房客，我們都很有誠意的。」客服人員支支吾吾地回答我，顯然對他來說，我這個每間房都要住遍的大膽想法，實在有點超過他所能理解的範圍。

「不然，我請經理跟妳說明一下好不好？」沒等我回答，那客服人員便放下電話，落荒而逃求救去了。一分鐘過後，電話裡傳來另一個甜蜜到無法形容的聲音：「先生您好，我是客房部的業務經理，聽說您有長住在我們旅館的計畫是嗎？」

聽著帶有濃濃鼻音的女經理邊撒嬌邊說話，我覺得她誤以為我是男人這件事，也算是挺合理的。畢竟有這樣的雄心壯志，決定要長時間住在汽車旅館的客人，能不是個男人嗎？

我笑笑地用更濃的鼻音回答說：「我不是先生，不過我真、的、是、考、慮、長——住——喔——」

那個女經理愣了一下，不好意思地連忙道歉，她甜軟的聲音變得正常很多，又再給了我更好的折扣。雙方相談甚歡，我們就這樣約定了下來。

☽

清晨七點半，暖暖的陽光灑入了房間，我聽見門外傳來清掃的聲響，便慢慢甦醒過來。我喚著女兒的名字，聽見她在浴室裡回應著，門縫塞進了今天的早報和旅館最新優惠訊息，我爬下床拎起報紙，注意到上頭的日期。仔細算一算，原來我住在這個旅館裡，已經三個多月了。

現在的我，已經能心平氣和地每天跟女兒一起泡澡，吃飯店提供的精美早餐。每隔三到四天，我們就拖著行李，換去另一個潔淨美麗的房間，感受不同風格的夜晚。那個年輕的房仲業務員，很快就把我原來的房子賣掉了，價錢還不錯，足夠我在這裡住上二十年。我在電話裡跟一個女性朋友說起這件事情，她對我的做法很不以為然，憂心忡忡地勸我別賭氣，好好安定下來找間像樣的房子。我沒說什麼便掛了電話，曾經我以為安定下來是件好事，但現在的我，已經不在相同的位置了。

看完報紙，我輕輕地把乾淨的床單掀了起來，突然發現自己終於不用在天氣好的時候只想著曬被子的事情，這裡的房型只有前陽台，沒有後陽台。女兒走過來認真地跟我說，她以後也要蓋這樣的房子給我住，我說真是太好了，妳把每天的房間都畫下來記錄一下。她便很有興致地像個專家，在屋裡繞著轉著忙著，怎麼也停不下來。

望著那一個個亮晶晶的家具組合，她小小的身影拿著蠟筆走來走去的背影，對比著當時的我，為了不知道跑到那裡去的十萬元，低著頭跪在客廳挨打，那個離家的男人，懷著男孩的女人，那些回憶都一一穿上鞋子，走遠了。

這次，對著未知的人生，我做了一個不完美，卻對我有利的選擇。

備註　原文〈家庭主婦〉，改編自《FYI，我想念你：葉揚短篇小說集》，二〇一二年出版。

婚禮之前

直到第四通顯示不明號碼來電時，我才接起電話，對方的語氣冷靜，語句簡短。

「公司收到您的委託，執行時間、地點？」

「嗯，這個星期天中午，維多利亞酒店。」

「今天要收到錢。」

「二十萬，對嗎？」

「看簡訊。」

啪嗒一下電話掛掉了，我把錢從皮箱裡拿出來，再點了一次數目。

黑夜的叢林裡住著許多動物，有肉食動物，也有草食動物。

一個人過生日。距離婚禮：二十四個小時

三十二歲生日的這一晚，我選擇獨自慶祝。

我拿著一瓶酒走到浴室，脫下身上的衣服。

黏貼在鏡子上，是我和小芮站在東京鐵塔前的照片，我記得自己當時的笑容裡，正在計畫些什麼。

「我的人生，」我舉起杯子，對著鏡子裡映照出的男人說話：「是個屁。」

我光著身子，從上到下盯著自己看了一遍，小芮在另一邊，隔著照片對

著我笑。注視著只有4×6尺寸的她並不容易，想到自己失去的部分，
我的視線開始變得模糊。

終其一生，我們只能停留在那樣的框格裡了？
在浴缸的邊緣上，我抓著酒瓶喝了一大口，用低低的聲音哭。

星期天在浴室醒來。距離婚禮：四個小時

四個小時是兩百四十分鐘，兩百四十分鐘是一萬四千四百秒。還有時間
可以運用，還有機會可以把握。

我頭痛欲裂地在地磚上爬行著，終於讓自己爬進浴缸裡。昨夜發生過什

麼事情，就像從相機失焦的鏡頭看出去一樣朦朧。打開水龍頭，拿起肥皂。今天要洗乾淨一點。我自言自語，把細柔的泡沫塗抹到肚臍下方，有點發癢。

小芮，我曾經交往十年的前女友，今天要結婚了。新郎不是我。

在這個故事裡，我只是個跑龍套的小角色。

我站起來，用滾燙的水沖洗身體，圍著浴巾走進客廳，又檢查一遍棕色紙袋裡的東西，每張照片我都一一拿出來看。

我準備好要去參加婚禮了。

十年的慶祝晚餐。距離婚禮：一年又三十五天

十年七個月，是我和小芮從認識到相戀，總共加起來的時間。

十年前的我，二十歲，在學校的圖書館裡打工，負責一些借書、還書的雜務工作。小芮綁著馬尾，穿著藍色短袖上衣，一邊翻著厚厚的大書本，一邊低頭走進來。

「還書嗎？」我問她。

她抬起清秀稚嫩的臉龐，黑色的粗框眼鏡藏不住她眼底的光。

那個光並不溫暖柔和，是燃燒的憤怒。

「就是你！」她大叫的氣勢壓倒了排隊的人群：「就是你這個可惡的聲音！」

好幾個學生的目光同時投向我，他們識相地讓開排隊的隊伍，小芮便有如大型坦克車向著我誇張地大步駛過來。

「就是你對不對！」在我還來不及搞清楚發生什麼事情之前，她把重達五公斤的大書，用力丟到我的身上。

十年來，我幾乎每隔兩、三個月，就會跟小芮提起這個烏龍事件。那是我們的第一次相遇。小芮每次都賴皮地說，我當時的聲音，跟那個老是無端打電話騷擾她的莫名男子，實在是太像了，錯真的不在她。然後我就會壓低聲音，模仿地說著「妳想我嗎」？「妳要我嗎」？「妳還書嗎」？小芮笑得嘎嘎叫，她的手遮住臉，用指縫裡的餘光看著我的樣子，如今成為停在我心中的一幅畫。

我還記得，事發後小芮深感抱歉，等我下班後請我喝了一杯珍珠奶茶。我們一起坐在河堤旁邊，她問我：「既然現在認識你了，以後借書可以不用限制歸還日期嗎？」我說：「妳乾脆連借都別借，直接拿出門不要回頭，我不會舉發妳的。」

「只要不是要隨便拿書丟人就好。」她說。

「只要不是要隨便拿書丟人就好。」我同意。

她笑起來左臉有一個淺淺的酒窩，我覺得很難抵抗。

今天，我們約好要慶祝交往十週年的紀念日。我開著車去醫院接她。車上放著大學時代的流行歌曲。

為愛付出瘋狂，為夢受一點傷，
為保護我的信仰，變得更堅強。

小芮穿了一件粉色洋裝，從醫院大門走出來的她，臉色看起來沉重。她告訴我，醫師說媽媽身體裡的癌細胞，跑到不受控管的地方去了，這下子誰也不知道會發生什麼事。

「就像跑到公海一樣，要做什麼殺人放火的事情都沒關係。」

小芮眼眶濕濕的樣子，像隻找不到路回家的小動物。我只好把她拉近身邊，讓她的額頭輕輕地靠在我的胸前。無聲的呼吸中，參雜著病房消毒酒精的氣息，腦海裡突然閃過想娶她回家的強烈念頭，我想要照顧她，她的母親也需要我這樣做。

為期一週的黃金假期，距離婚禮：十一個月

利用剛剛到手的年終獎金，計畫了一個浪漫的東京旅行，我準備在鐵塔前向小芮求婚。

皮夾裡放了一張紙條，是草擬了幾次的求婚詞，我在鏡子前反覆背誦，希望自己能在那天表現得好一點。

「親愛的小芮，我感謝那個當時在夜裡打電話給妳的無聊男子，要是有他的聯絡方式的話，我們的婚禮，應該要請他來當媒人才對……」

旅途中，我們看了很多風景，吃了很多美味的食物。小芮有時候看起來心事重重，她總是抓緊時間打電話回去，我知道她不習慣離開住院的母親，只能盡量用一些傻話轉移她的注意力。

在東京的最後一晚，我特地安排了一間能欣賞鐵塔夜景的高樓層房間。熱熱的茶碗蒸吃完前，我慎重地把藏在口袋裡的戒指拿出來。

小芮看著我，看著戒指，接著哭了起來。

我望著自己深愛的女孩，把她驚喜的眼淚視為一個好的徵兆。

深吸一口氣，我準備開口說出那段精心設計的台詞：「親愛的小芮，我感謝那個當年……」

小芮卻在此刻左右搖著頭，用雙手摀住她的臉。

「我有事情想先說。」

她花了十幾分鐘，斷斷續續地把話說完。

我瞪大了眼睛。

辦公室，距離婚禮：六個月

東京之旅的求婚夜，成為一個句號，當晚我們平靜地協議分手。

每天下班回家，我都希望能看見小芮像往常一樣窩在沙發上蓋著毯子睡覺，結果都落空。

後來整整五個月，我跟她失去聯絡。直到一個中午，她打電話到我辦公室來。

「可以出來走走嗎？」小芮問。

望著成堆的文件報告，雖然老闆還坐在他的小房間裡等著我交件，我還是對著小芮說好。

「約哪裡見面？」小芮接著說出了我心中的地點。

我們來到台北新穎的兩棟建築大樓中間，強勁的風速擦身而過。小芮安靜地走在一旁，強風之下，她的聲音變得微弱：「媽媽身體很不好。」她說。我在旁邊點點頭。

「妳跟吳先生最近好嗎？」我問。她轉過頭看著我，眼底有滿滿希望我諒解的渴求。我們沉默了一陣子。

「為了完成媽媽的心願，我們決定結婚了。」

是風的關係，我聽不見她的下一句話。

恨她。距離婚禮：二十五天

小芮將幾張婚紗照上傳到她的私人頁面，我們算是平和分手，她並沒有封鎖我，我因此得知她的婚禮正緊鑼密鼓地籌備中。照片下恭喜的留言此起彼落，沒有人看出其中的破綻。

只有我知道。

上班的時候，吃飯的時候，睡覺的時候，我無時無刻都聽見咚咚咚的鼓聲，在心裡敲著節奏。你準備好了嗎？我壓抑著情緒，準備好了嗎？

剩下時間不到一個月了。這一次，我不能再粗心大意，再錯失良機，我沒有那麼多時間一遍又一遍地從頭來過。

分手只能怪我，怪自己不夠疑神疑鬼，沒有偷看她的簡訊；沒有在她對我特別好的時候，查看她當天的行事曆。她總是在跟吳先生一起去爬山回來後，說一堆笑話，她會在浴室裡唱歌，這點我也沒有放在心上過。

求婚旅行那天晚上，她告訴我，另外那個人，給她不一樣的感覺，她不能確定那是什麼，但她知道自己沒有辦法帶著這份感覺，繼續跟我在一起。她背叛了我，她要我看清楚她是這樣的人。

「你明白嗎？跟你在一起的時候，我就像是你養的小動物，被放在舒服的小窩裡。」

「你明白嗎？那不是真的愛。這些日子，我只是表演我在和你戀愛。」

在過程中，小芮問了好多次：「你明白嗎？」

我瞪著她，右手還握著戒指盒，掌心正微微出著汗。

那天晚上，我們躺在豪華的雙人床墊上，中間隔了一道牆。

從那開始之後的每一晚，只要想到她的臉，我就一點點都睡不著。

她說的話傷了我的心。

你明白嗎？那不是真的愛。那越來越像是表演。

因為顏面盡失的關係，我有點恨她。

如果白雪公主含情脈脈地對著白馬王子說：「在我的世界裡，你其實一直都是小矮人喔。」

這樣，有人會明白嗎？

陰雨綿綿的醫院。距離婚禮：一個月又十一天

醫院白晃晃的日光燈下，兩個護理人員推著空輪床，談笑地走過。

一個穿著灰色西裝外套的人出現在我眼前，她是小芮的未婚夫吳先生。

時間是那麼湊巧，我正準備進去病房探望小芮的母親，而吳先生便從裡面走出來。我們兩人在護理站相遇，她對我怯生生地說了一聲：「你好。」我一邊咀嚼她聲音中關於女性特有的細節，一邊抽動嘴角向她點點頭。小芮接著走出來，對著我說：「謝謝你來一趟。」吳先生在一旁直挺挺的站著，然後趁沒有其他人注意時，偷偷吞一口口水。

對了，小芮的未婚夫是個女的。我提過這件事嗎？

跟小芮交往的最後一年裡，我總共見過她十三次或十六次。

那時候她自稱查莉。我跟查莉碰面，大多是她順道來接小芮去上班，或是送小芮回家。她是小芮公司另一部門的同事，她們在某次員工登山活動時認識。

「查莉是公司裡的運動健將喔，跟她同組比賽，都會得冠軍。」小芮有次得意地告訴我：「她昨天跟我說了一件超好笑的事，你想聽嗎？」

我當時只是點點頭，什麼都沒有會意過來。

是不是男人都是這樣？當我還是小芮男朋友的時候，其實並不太在意小芮每個女性朋友發生的事情。小芮提起她的時候，眼睛裡帶著的笑意，我都認為不過是一些爬山時發生的好笑事情罷了。大多數的時候，我也挺喜歡聽她講查莉的事情，然後我會加油添醋的說一些我公司裡的同事的趣事。這樣的天真，說實在的，也算情有可原。

我早該知道，查莉是查理。

當我站在小芮身邊時，她的眼睛注視著我，總含著說不出的意味。

她不是一個尋常的女性友人，她開著深藍色的小越野車，她穿的衣服樣式都是我喜歡的。我怎麼現在才發現呢？她其實是一個住有男性狂野靈魂的高䠷纖瘦女性，而且在各個方面都比我擁有更優越的男性品味。

我甚至第一眼就喜歡她今天身上的外套。我站在護理站旁，感覺酸澀的痛苦在眼周蔓延開來。

我不再叫她查莉，我改叫她吳先生。

小芮的母親吃完稀飯，便沉沉地睡去。昏暗的房間裡，剩下兩位親友，是小芮的阿姨跟表姊。她們也因為我們兩人的同時存在，感到些許的壓力深怕說錯一句話，我和吳先生就會大打出手。

沒有人提到即將到來的婚禮。

我知道一些妳的把柄。妳最好尊敬我一點。我看著情敵，知道自己可以如何捉弄她。那笑意又升了上來。

「吳先生，我聽說妳們就快要結婚了？」我刻意壓低嗓音，試圖展現男性嗓音的低沉特徵：「恭喜。」

眾人焦慮的目光投射在我的身上，我伸出代表友誼的右手來。

吳先生把頭壓得低低的，她尷尬地伸出細軟的右手掌與我交握，相對於她的拘謹，我笑得放肆。

只有我知道，那婚禮不可能會順利進行。

另一個女人。距離婚禮：三個月又五天

週末的時候，我跑去找了另一個女人。

她是行銷公司的業務人員，我和她開過幾次會。

我裝模作樣地打電話去約她吃飯，又在她租屋的門口假裝尿急。當她拿出鑰匙試圖開門讓我進去時，身體搖搖晃晃地，我知道她有點醉了。

一進房門，我就抓住她的脖子，像野獸一樣地啃她。她問：「你不上廁所了嗎？」我幾乎是用蠻力扯下她桃紅色的上衣。

總而言之我裝瘋賣傻，很不要臉地占了她的便宜。

夜裡，躺在女人身邊的時候，她均勻的呼吸聲把我的理智帶了回來。我轉頭看著這個陌生的女人，明天起床時身上會帶著我的味道，她會記得我接吻的方式，她的腦中可以隨意播放我在床上蹩腳的招數。那些本來我只讓小芮知道的事情，現在都沒有地方可以擺放了。

一閉上眼，我就能看見小芮，看見她黃色的洋裝裙襬，在炎熱暑假的微風中搖晃。我打開宿舍的門，她梳了一個高高的馬尾，露出飽滿的額頭和鎖骨，室友立刻識相地從電腦前離開出去吃飯。

夜晚的小芮看起來特別漂亮。她放下包包，帶著微笑，我一轉身，她已經坐上我的書桌。我有點不好意思地抓抓臉，她的肌膚透著粉紅色的光，閃動著一些暗示。

我立刻湊過去親她。

後來的事情發生得很自然，我把她的馬尾解開，她的長髮散落在肩上。有時候小芮會把眼睛閉上，我則是在整個過程中都張開著眼睛。她沉溺著的表情很動人，讓人無法不盯著她看。就這樣隨著視線我吻了她的唇，她的肩，她的胸部，她的肚臍，我沒有猶豫地想要她，她抓緊我的背，那個力道，我一直都還有感覺。

她不可能是喜歡女生的。

就在隔壁的女人熟熟睡去的時候，我下定決心，去把我的女人要回來。

證據。距離婚禮：三個月又四天

隔天早上睡醒以後，女人替我做了早餐。

我虛偽地伸了個懶腰，假裝睡得很好。她溫順地看著我，彷彿我要什麼她都會照做，我知道自己錯得離譜，便跳下床，順勢抓起腳邊的褲子，說會再打電話給她。她給我一個風情萬種的笑容，那笑容發自內心。

她提醒我星期一早上的會議：「等一下我們會再見面唷，要不要一起吃午餐？」

我敷衍地說下次再約吧。她要我記下另一支手機的號碼，我聽見她嘴裡念著一組新的數字。我沒有辦法再看著她。

「這是私人專用的號碼。」她俏皮地說。

該死，我只想被歸類成她工作上的客戶。我重複了一遍那數字，假裝自己有記在腦子裡。我用左手壓著自己的眉心說了再見。那是我說謊時良心不安的下意識動作。只有小芮知道。

走在路上，我花了五分鐘反省自己的荒唐行為，接著花了更多的時間想著小芮。不知道哪來的自信，我越想越覺得，她應該會願意放棄婚禮，回到我身邊才對。

證據一：分手後，小芮搬到距離我工作地點附近的一個小房子，不過十分鐘的步行距離。

證據二：她連電話號碼也沒換，她在等我打給她。上次我打電話時，只響了一聲，她就立刻接起來了。

證據三：她有祝我「聖誕節快樂」。用簡訊。

我知道，只要我先開口，她就會承認之前的決定是個噩夢，她有時候做事就是這麼衝動，但又非常固執。

我撥了電話號碼，她沒有接。下一秒傳來她的聲音，「哈囉我是小芮，我現在沒有辦法接聽電話，有事請留言」。她的聲音就像個心情很好的少女，和我第一次見她的時候一樣。

電話傳來嘟的一聲，開始記錄留言。「小芮，請回來好嗎？」這是一個雙腿跪下的俘虜，發出飢渴的哀求。

話還沒出口，突然想起自己應該扮演一個事業有成、英姿煥發的前男友角色，我趕快把電話掛掉。

半小時後，我走到她家樓下的便利商店，買了一包爆米花，默默地吃著。像個迷路的孩子，在約定的地點，等待媽媽的出現。

一直以來，我都很擅長等待，可以對著一大片空氣，在不認識的人群和他們的交談中，只是安靜的呼吸。我以為我可以把分手處理得很好，可是我需要她。我需要有個人可以讓我在乎，我需要她跟我一起體驗我們的未來。我幻想過我們的孩子，我幻想著她有小芮的眼睛、我的鼻子。

如果她不回來，我怎麼處理那些存在已久的幻想？

小芮那天沒有出現，甚至電話也關機了。而那家便利商店，我連續又去了一個星期。

朋友的建議。距離婚禮：兩個月又十八天

跟小芮分手這件事，只有我公司的同事阿奇知道。他說我這陣子在晚上變得相當有空，讓人有點懷疑。

後來，他從一個行銷公司的業務妹妹的口中得到了證實。世界真小，私底下阿奇竟然跟我一夜情的對象算是有點認識的朋友。他告訴我，幾週前，他們在居酒屋中巧遇，她像個小女人般，害羞地承認我們交往了。

慘了，真的慘了。我頓時覺得腦袋發脹，痛得不像自己的頭。

「哈哈，當時我就想，如果小芮還跟你在一起，你應該不會搞成這個樣子吧……」

阿奇笑得邪裡邪氣地，大力拍了我的頭，做出一副同為男人可以理解的表情。「是不是喝多了，一時失足？」

用告解的口氣，我跟阿奇說了所有的事情。從頭到尾他沒有說話，只發出了嗯嗯喔喔啊啊的語助詞，我看見他不時吞著口水，表情僵硬。

「你是說，小芮跟一個人妖跑了？」

阿奇講出「人妖」這兩個字的時候，嘴巴張得好大，牙齦全都露了出來，讓我聯想到一匹卡通模樣的馬。

說吳先生是人妖並不精確。我帶著苦笑和幾乎測量不到的一滴滴尊嚴，試圖繼續解釋下一段為什麼我會跑去找業務上床的事，不過說實在的，這一段連我自己也不清楚。

阿奇再也聽不下去了，他對我的臉伸出右手，阻止我繼續說下去。

「等等，老兄。」他說：「我們先回到剛剛那件事。」

我停下來看著阿奇。我還沒有勇氣告訴他，睡完一個女人（而且是他的朋友）以後，其實這幾天來，我都像個孬種一樣跑去小芮家樓下，好像癡情種子一樣等著她回頭。

「剛剛那件事沒什麼可以再多說了。」我用左手搓著眉心。

「你打算怎麼辦？」他問。

我笑得更苦了，我沮喪地雙手舉起，表示投降。

阿奇低頭翻找他的皮夾。「這個吳什麼的傢伙怎麼可能是正常人？」他喃喃自語著，把混亂的鈔票跟幾張信用卡丟到桌上，最後從皮夾裡頭抽出一張名片。

「什麼意思？」我問。

「你還愛小芮嗎？」阿奇抬起頭來，目光炯炯地注視著我，表情嚴肅。

「什麼意思？」我又問了一次。

他把一張白底黑字的名片遞了過來。

我看了一眼，上面寫著：天揚徵信社，廖正啟，資深專案經理。

「派人去查一查。」阿奇越過桌子拍了拍我的肩膀，斬釘截鐵地說。

妳確定嗎？距離婚禮：一個月又十天

那一天我喝醉了，醉到自己是怎麼爬上樓梯，進了家門，都想不起來。

昨天小芮在醫院告訴我，她跟吳先生打算先訂婚，因為媽媽病得很重了，可能不能再等。

妳們光是結婚，還不夠荒謬？

我感覺氣憤跟委屈，像雞尾酒一樣混合出一種特別的味道。

「妳確定嗎？」我問她。我一想到吳先生要打扮成新郎，牽著小芮出場的樣子，就覺得一肚子噁心。

小芮嘆了一口氣，像往常一樣，當她不願意把真實的想法說出口時，她會嘆氣。

「妳真的了解她嗎？」我試圖讓聲音更真誠一點。但我想起自己當時想跟小芮求婚時，我也不是很了解她。

「媽媽最放心不下的就是我，」小芮說：「我想如果我們訂婚，這件事能讓她安心。」

就是在那個時候，我決定晚上要去喝酒。

「你會來嗎？」小芮問，「我們的婚禮？」

「這麼精彩的事，我可不想錯過。」我一面重複按著醫院的電梯鈕，一面酸溜溜地說。

資深人士。距離婚禮：兩個月又六天

跟廖姓私家偵探，約在一家日式料理的餐廳裡見面。

在開車過來的路上，我把玩著那張名片。這年頭真奇怪，連徵信社都開始有了像公司營運的組織架構，這位廖先生還是一位資深經理呢。

廖經理提早到了，他個頭不大，理著乾淨的小平頭，穿得很像保險業務員，坐在我們約好的座位上。

我坐下來，兩個陌生人為了用意不明的目的而對看著，氣氛不能算是很熱絡。見面前我幻想了幾個他的長相，卻沒有一個命中。

幸好適時地服務生走了過來，將菜單遞給我們。

「您需要什麼樣的協助呢？」

點完餐後，廖經理生很客氣地切入正題。他的開場恰到好處，我很感謝他沒有提出任何像是「請問你是想抓姦，還是害人」這類尖銳的選擇題。我一定會逃走的。

我支支吾吾地把過程講了一遍，廖經理像個記者，打開筆記本仔細地記錄著。他偶爾會打斷我的話，追問一些細節。

我這才發現自己其實對吳先生的身家背景知道得很少，於是我提供了小芮的資料給他，當我說出小芮的姓名、地址和電話時，嘴唇都不自覺地顫抖。

「您想找到什麼類型的證據？」廖經理確認著。

我不知道，我明明是愛著小芮的。可是怎麼會這樣，看著她對我說出那些話，掉頭就走的背影，我失去了挽留的力氣。

「我想……嗯……」我清了清喉嚨，覺得又乾又渴。廖經理體貼地把茶杯裡斟滿了水，推到我面前。

「我想知道，這位先生是不是一個正直的好人？」我吞下一口水，盡量用正義凜然的口氣說。

「請問一下，所謂好人的定義是什麼樣的？」

廖經理依然用非常客氣的口氣詢問，我卻發現這個問題我答不上來。

好人？應該是像我這樣的人吧。我在心裡想著，又立刻覺得太可笑了。

為了給我一點顏面，廖經理沒有繼續再追問下去。他在簿子上又寫下一些字。我看不見。他說，如果可以的話，他需要一張小芮的照片。

我遲疑了一下，並不是很想讓他看到我的小芮，但我還是伸手進口袋拿出手機，並且打開裡面的相片檔案。

嘿，堅強一點，都走到這個地步了。

「你不會傷害她……們……吧？」我發現自己有點猶豫，但我還是希望「她們」都不會因此受傷。畢竟我也不到狼心狗肺那樣的程度。

廖經理笑了笑，用厚實的手掌拍拍我的背：「請放心。」

我點點頭，到目前為止，他說話的語氣，就像個不折不扣的資深經理。

再見。距離婚禮：兩個月又二十八天

如同先前的六個晚上，今天晚上，我買了瑞士巧克力冰淇淋，又拿了一包爆米花，在小芮家樓下的便利商店裡，裝模作樣地挑選洋芋片。

六十坪的店面，只剩下我跟一對依依不捨的高中情侶。時間已經逼近十點鐘。

一個店員正在掃地，另一個在整理貨架，我好像可以應徵這份工作，畢竟我已經觀察了一週，這家店的每一個商品的位置，我都倒背如流了。

我抹抹嘴，把爆米花塞到包包裡收好。或許，我應該把所有東西都好好收好。每件事情都有一個到此為止的時刻。

就在下一刻，玻璃門外，那個穿著橘色長洋裝、綁著高高馬尾的女孩，正從外面走進來。她一個人，腳踩著平底綁帶涼鞋，輕鬆自在地按下自動門的按鍵。

「可以使用影印機嗎？」小芮問，店員點點頭。那聲線就像溫柔的月光，輕輕灑進了這家夜晚的小店。涼鞋上白色的細帶把她的腳踝襯得好美，我整個人呆住了。

我躲到個人護理區，隔著貨架看著她。她專注地在影印文件，完成後又順手拿起一本雜誌隨意翻閱，我覺得她在翻的是我的胃。我裝模作樣地拿起濕紙巾，「純水無添加香精」。我看見她轉過身研究各式各樣的糖果，「超值必買組合包」。

突然，我的手機響了，傳出小芮的聲音：「接電話喔……接電話喔……」分手後，我捨不得把她之前錄下的來電鈴聲換掉。

小芮抬起了頭。我看著她。電話還響著。但時間，停留在我們兩人的目光之間，無法動彈。

我確信小芮一定會回來身邊。

證據四（並且是最強而有力的證據）：她沒有任何猶豫，直直地朝我的方向走過來。

瘡疤。距離婚禮：一個月又十九天

電話鈴聲響起時，我正在刷牙。我快速地衝往客廳將電話接起來。心中想著，或許是小芮打來的。

聽到是廖經理的聲音，我有些失望。他約我見面，討論初步的調查結果，我騙他說我有事，不如先在電話上談談吧。

他開始一五一十地報告起來，我將電話轉成擴音狀態，繼續拿起牙刷刷牙。他說在過去一個星期裡，他分頭查了吳先生的銀行信用狀況，過去家庭背景，發現幾個值得深入追蹤的地方——

第一，她是中輟生，卻謊報大學學歷，因而得到現在這份工作。

第二，她有過一段短暫的婚姻，不歡而散。先生手握一組性愛照片，約二十張，接洽過後，對方願意以十萬元賣出。

第三，吳先生出生於一個傳統軍人家庭。曾在四年前與另一個女生同居，但遭雙方家人強烈反對，因母親自殺未遂後兩人協議分手。

我皺起了眉頭。

廖經理接著分析，若要再進一步，可朝以下幾個方向著手：

掀出吳先生的大學學歷假造，應可讓她丟掉工作；取得當年她與前夫拍攝之性愛裸露照片，進行談判；或者，將兩人即將舉行婚禮的消息，透露給她保守的原生家庭，增加阻力。

誰沒有過去的瘡疤呢？其實我不知道該如何才好。錢我是有的。想了五秒鐘以後，我問了匯款號碼。

「等一下，」我忍不住開口詢問：「有沒有辦法讓她在婚禮上缺席？」

「您的意思是……找人處理嗎？」

「是。」

「您是希望吳先生暫時無法與人交往，還是直接消失？」

「我想知道可以做到什麼程度，」我補了一句：「預算的部分可以再加。」

「這個不在我的服務範圍內，不過我可以請另外一個同行跟您聯絡。」

廖經理回答，語氣中閃過一絲欣喜，又很快恢復正常。

訂婚儀式。距離婚禮：一個月整

訂婚儀式小而溫馨，只能算是一個簡單的親友聚會，在安寧病房旁邊的一間家屬休息室裡舉辦。

小芮的母親已經從最後一次化療的摧殘中，漸漸復元過來。她臉上帶著開朗的紅潤，頭頂也長出微微細毛，儘管婚禮就在一個月後，但小芮依然堅持要在婚禮前辦一場儀式，她必須確保母親看見她幸福美滿的樣子，越早越好。

「癌症可不像你想得這麼親切喔。」她在電話裡跟我說。

她的母親已經結束所有治療，準備住進安寧病房。時間滴答滴答地響著。

下午，我若無其事地帶著一盒巧克力冰淇淋蛋糕，走進醫院裡布置的小會場，看見小芮穿著一身紅，跟吳先生手挽著手，向不甚熟識的病友們點著頭。

我捏緊剛收到的牛皮紙袋，我把所有的資料，能讓我一舉擊潰對手的機會，都裝在這個棕色的袋子裡。

裡面有吳先生的假學歷，與男人的春宮圖，以及她還是女孩模樣、穿著裙子跟上將父親站在一起的照片。廖經理辦事真是有效率，他連吳先生父親在鄉下的家裡電話與地址，都一併附上了。

「你真有風度。」小芮的母親坐著輪椅向我靠近。

現在，就是現在，時機到了。

我緊張地說不出話來，趕緊彎下腰握著她的雙手。她似乎還想說些什麼，但臨時也想不出下一句話的內容，於是我們就微笑著，靜靜地保持相同的姿勢。

大聲地把人群聚集過來，然後打開紙袋，把照片一張一張拿出來。

「這是小芮的福氣，」伯母拉了拉頸上的圍巾，她看了吳先生一眼：「她還有你照顧。」

我用力點點頭，避開任何眼神的接觸。我看見小芮，看見吳先生拉著她的手。只要一秒鐘，我就能改變這一切。我要讓小芮知道，她是我的女人，我是她的男人。這層關係牢不可破。

現在就把紙袋裡的東西拿出來。我在心裡對自己吼叫。

「小吳也是個好男孩，就是話少了點。」小芮的母親試探性的問著：「是這樣，沒錯吧？」

請問所謂好人的定義是怎麼樣的呢？

我腦中聽見廖經理問著這樣的問題。

你明白嗎？那不是真的愛，我只是在表演。

同一時間，小芮說著這樣的答案。

我扶著小芮的母親肩膀，說：「恭喜、恭喜。」

我想自己最多，就只能說這麼多了。

最後一次。距離婚禮：十五天

在便利商店見了三次面以後，我爬上樓梯，走進了她們的家。

我不知道自己為什麼堅持要去她們的新家參觀，或許在心裡的底層，我想要摧毀對方的城堡，插上自己的旗幟。用一種天真的方式。

小芮泡了一杯咖啡給我，我拿著溫熱的杯子，在她們的私人區域裡走來走去，像隻伺機而動的獵豹。

「吳先生今天不回來嗎？」

「最近她要加班趕設計圖，總是過了午夜才能走。」

「喔。」

我不再說話，她們的書架上，有我當年送小芮的彩色玻璃相框。裡面裝著小芮跟吳先生穿著厚重雪絨外套的合照，感覺怵目驚心。

小芮從後面靠近。我聞到她身上的氣味，放低了語氣。

「妳換了新相片？」

「沒有啊。」她伸長了手將相框拿起來，她身體的柔軟部分，擦過我的左肩。

「一直是放這張的，你忘了嗎？」

我再也受不了了。

下一秒，我轉頭將她抱住，往牆上靠。小芮沒有掙扎，她回應著我，甚至將我的襯衫釦子打開。我聽見她的喘息，急促地想要說服她，用男人粗野的姿態。她只是在生我的氣，她不可能是打從心底喜歡女生的。

我將她的裙襬撩起到腰間，在擠壓中，她的內衣肩帶滑落，一邊的胸部裸露出來。頓時那些家中的擺設天旋地轉。

我吻著她，把我想說的話，都放進她的舌尖裡，她知道嗎？我的世界裡需要一個她。

我們激烈地做著，最後在她的淚水中停下來。「等一下，」小芮說。她的眼中滿是虧欠的眼淚。

那一刻我終於明白自己是永遠的失去她了。

「繼續吧。」她請求著。她咬著嘴唇，又說了一次：「繼續吧。」我感覺自己擁抱著一個裸露而委屈的女人，我心碎了。

「沒關係。」我停下來。將自己的手從她的乳房上移開，幫她把肩帶拉好。房子裡冷氣運轉的聲響竄進我耳裡，下半身的種種衝動，已經消失無蹤。

不管她想償還什麼，我都不要了。

預定。距離婚禮：還有五天

我癱坐在門邊，想著剛剛那通來電。

「公司收到您的委託，執行時間、地點？」

「嗯，這個星期天中午，維多利亞酒店。」

「今天要收到錢。」

「二十萬，對嗎？」

「看簡訊。」

我不知道付了錢，確切會發生什麼事，但廖經理說，有時不知道，對您比較好。

二十萬放在紙袋裡，厚度就像一本書。

就這樣發呆了十分鐘後，我回了簡訊：「當天事成後才支付，請廖經理轉交給您。」

距離婚禮正式取消，還有五天。

婚禮現場。距離婚禮：三十分鐘

「這種場面真不錯呦。說實在的，這回你領多少錢？」

一個中年男子鬼鬼祟祟地靠過來，沒頭沒尾地搭著我的肩，問了這句話。我搞不清楚他話裡的含意，他身上過濃的香水味，薰得我鼻子根部都發痛。

「什麼東西多少錢？」我不明所以地問，將紅包袋交給接待的小姐，拿起麥克筆準備簽名。

中年男子好像突然意會過來什麼似地，他把手收回來在肚子上搓著。

「所以你是真的親友嗎？不好意思、不好意思。」

當我還想多說些什麼時，他已經一溜煙地不知道跑到哪裡去了。

走進新娘房時，我看見小芮穿著馬甲造型的白紗，畫上粉紅的唇色。有幾個身著高雅旗袍的婆婆、媽媽，正興致勃勃地稱讚著她。可能是現場過亮的燈光，讓我有點張不開眼睛。

她對我招招手，我只好鼓起勇氣往前走。

我們對看著，彼此客套地笑了一陣。為了化解尷尬，我只好用剛剛詭異的遭遇當作開場白。

「我在接待處遇到個男的，說了一句很奇怪的話，問我領多少錢……」

髮型師的表情突然有點僵硬，她低下頭用電捲棒猛繞著小芮的髮束，動作加快很多。

「能讓我跟這位先生單獨說一下話嗎？」小芮問。

她說完這句話，所有人便像遙控機器人一樣，動作一致地迅速離開。

「剛剛那些人是吳先生的家人嗎？」我轉著頭，故作輕鬆地問。想起吳先生的軍人家庭背景，相片中她父親嚴肅的容貌，瞬間一股尿意竄進我的身體。

「不是。他們不是。」小芮抿著嘴唇，我知道她正打算說出一些我原先不知道的事，直覺告訴我，事實可能有些沉重。

接著她深吸了一口氣，壓低了聲音。她說：「新郎的父母不會來，他們家裡很保守，不可能接受這樣的婚禮。」

「喔。」我回答，除此之外我不知道自己還能說什麼。其實，這一切廖經理早就跟我說過了。

「但今天參加的賓客看起來還滿多的？」

「他們不是親友。暫時是，之前之後都不是。」

「啊？」

小芮停了一下，她輕輕地搖著頭，眼睛緊閉了幾秒以後，才緩緩睜開。

「我請了一些……臨時演員。嗯，臨時演員。他們扮成客人，來參加婚禮。」

「為什麼？」我發現自己發出的音量很大，小芮的頭低得不能再低了。

「我只是想要有個順利的婚禮……癌細胞已經轉移媽媽的腦了，她今天有來，她就算來了可能也不知道到底發生什麼事……」

「你會看不起我嗎？」沉默了一陣子，小芮抬起頭問我。她的唇妝，已經被她咬掉一半。

「你看我為了一個婚禮，做了這麼多匪夷所思的事……」

其實我也做了不少奇怪的事。

我壓緊裝著那些資料的袋子，裡面全都是精彩的照片。還有另一個袋子裡沉甸甸地裝著二十萬。

「我去打個電話。」

「怎麼了嗎？」

「我跟牙醫約了，忘了取消。」

坦白說，在這場婚禮中，誰都沒有資格看不起誰。

婚禮開始前

一位接待員領著我入座，我感覺人生已經不能再以別的形式，更加荒謬地展現。

我將頭轉來轉去，那些男方的親友們正互相寒暄著，場面很是熱絡。假的外公牽著假的外婆的手；新郎的假弟弟是今天的伴郎，他幫著假爸爸倒茶；坐在一邊的假媽媽正和旁邊的人分享著吳先生的婚紗照片，連假的三叔公都到場了，他撫著肚子，笑得很開懷。

我看見坐在主桌上，伯母瘦小的身影。今晚她穿了件紅色的大棉襖，不是太合身，我對她揮揮手，用嘴形跟她說了聲「恭喜」，她的眼神呆滯，好像沒有看清我。

我想起她曾經問我的那句話，「小吳是個好男孩，是這樣沒錯吧？」

一時之間，有什麼東西噎住了喉頭。

「您的位子在這裡。」接待員說，我讓自己坐下來。

有一個還算年輕可愛的短髮女孩，坐在我旁邊。她身體上有水果香香的味道。但我需要消化的大量資訊，正翻天覆地壓在我胃裡，導致我沒有心情去看見任何具有希望可能的東西。

「今天一整天，天氣好好。」女孩開了個話題，她小小地抱怨著：「氣象播報員還說會下大雨。」

我轉過頭去看她，從我的視線高度可以看見她衣服下胸部的形狀。但我更想要探究她是不是另一個臨時演員。小芮剛剛告訴我，今天來參加的賓客，那些吳先生的家人和同事，都是假的。

她對我描述了自己是怎麼透過婚禮祕書找到這群演員。這些人大多數是兼差性質，但對演戲都有點興趣。接案的時候，他們是以場面的難度、需要事前準備的多寡跟現場實際發生的時數來估價。

小芮說，這群人是老班底了。他們彼此都有些認識，因此特別擅長這類型的場合。他們扮演的角色千變萬化，包括溫柔美麗的情人、幸福美滿的老婆、唯命是從的下屬和全心支持的父母。

關於婚禮、喪禮、同學會、家庭聚會……誰都夢想有專屬於自己的完美組合。

「聽說他們在節日總是特別忙。」小芮回頭看看門口，確定外面沒有人。我也跟著轉頭，看見一群臨時演員，站在門口熱絡地互相問好。

「妳總共花了多少錢？」我問。

小芮沒有正面回答，她整整我的領帶。

「幫我個忙，把戲演完吧。」她嘆了口氣說。

賓客陸陸續續將我坐的這桌填滿，我陷入無話可說的境地。

投影機播放著影片，在白色的大布幕上，吳先生的父母甜蜜地牽著對方的手，給予孩子栩栩如生的祝福。我看見螢幕上輪播著小芮成長過程的照片，她從一個小女孩變成現在這個樣子。我參與了其中很多的部分，那感觸變得很深很深。

攝影師手拿著錄影機走了過來，問我有沒有話想對新娘說。

我放棄了，小芮。那棕色的袋子平躺在椅子下方一動也不動，十五分鐘前，我打電話給廖經理，預定事項臨時取消的費用是十萬元。

「你明白嗎？那不是真的愛。我只是表演我在跟你戀愛。」

小芮妳說的話，我不明白，可是我決定祝福妳。

影片中，輪到小芮的母親說話了，她的眼珠上飄，口齒不太清楚。

「媽媽只希望妳能快樂，幸福……」

此時燈光暗下，熟悉的婚禮進場音樂響起，將我帶回現場。大家都期待地轉過頭去，灼熱的聚光燈從遠方射出一個光圈，投映在布滿粉紅氣球的入場處。

在那刺眼白光圈圈裡的，是我渴望已久的新娘。

備註 原文〈婚禮之前〉，改編自《FYI，我想念你：葉揚短篇小說集》，二〇一二年出版。

我的老二長好大了

一天下午，無所事事的他打開電視，隨意做了一個粗淺的研究統計。掛在台灣正式頻道列表裡的，共有一百一十六台。

第三十五台在談年輕、回春、減重、保養，在平常日的下午時段；十六台在談賭博技術、商業策略、房產權謀；二十八台的節目聚焦於講述地盤爭奪的過程，政治之間，婆媳之間，信仰之間，還有動物跟動物的，好的卡通人物跟壞的卡通人物的強取豪奪，來回不歇。

「我告訴你，美人最怕遲暮，英雄最怕落幕……」

他停在政論節目中，聽著一個名嘴比手畫腳地用尖銳的聲音說話：「你知道為什麼嗎？啊？想不想知道？」

名嘴說完這句話接著是進廣告，他就再也數不下去了。無聊的電視節目，囉哩叭唆的道理在耳裡嗡嗡作響的感覺讓人想嘔吐。

這些人懂什麼？他舉起遙控器關掉螢幕。平常這個時候，身為一個負責銷售人壽保險的業務副總，他才沒有時間看電視。

白天他要開車上班、準時打卡，每個星期作簡報。在客戶面前，他總能把話說得汗流浹背，關於人類遭遇不幸、發生災害的種種可能，一張正確保單，能救你全家這類的話語，他靠這些以達到業績每季度百分之二十的成長。

這樣的日子快如閃電，晚上很快就到了，他回到家，轉身變成妻子是家庭主婦的先生、三個孩子都嗷嗷待哺的父親角色。每天每天，他捧著當月賺取的薪資獎金，分門別類地依序繳付房貸、車險、水電、學費、補習費……如此度過三十餘年。

不過，今天不需要做這些，他的行程表上一件事都沒有。人事經理告訴他，他被公司遣散了。

「遣散？」在狹長的會議室裡，第一次聽到這個消息時，他還不太確定這件事的真假。

不過是上個月，幾個分析人員來到辦公室，提出了企業瘦身、成本優化的口號，他就從虎虎生風的副總，變成一坨噁心的肥油？

「公司很珍惜資深員工，這份優退方案條件很好，請您帶回去詳細考慮。」

「你知不知道過去我達成多少次業績目標？那個王副總笨得一塌糊塗，每天只會摳腳趾跟巴結老闆，那種人你不裁掉？我告訴你，他媽的你全家都是我在幫你養……」

他想到過去自己的貢獻，早出晚歸，最後被歸類成一種有害的脂肪球，就氣得發抖。

人事經理坐在他對面，對著他搖搖頭，「請相信我們也覺得很遺憾。」

「你瞎了眼，」最後他站起來拍了桌子，指著人事經理說：「我也為你感到遺憾。」

☽

失業的第一天，自尊跟憤怒混成一大團焦慮，他沒有告訴妻子這件事。在尚未妥善地想清楚措詞前，還是先不要開口比較好。

權宜之計，他在衣服裡塞了幾個冬天用的暖暖包，逼得全頭是汗，假裝生病請假。

「老闆叫我回家休息一個禮拜，免得傳染給其他同事。」頂著脹紅的臉，他對家人說：「疫情過後，大家都很容易緊張。」「那我們也離你的病毒遠一點喔，」妻子瞇起眼睛來，把三個女兒拉到身後，她說話的口氣彷彿他是多餘的存在：「哎，我看你還是一個人在房間裡躺著，多休息啦。」

看著她的背影離去，一滴性欲都流不出來，他想妻子對他，應該也有相同的感受。

我失業了。在台北市中心買了房子，尚餘十二年貸款的男人，在午後打開報紙找工作。又想起什麼地，他把分類廣告頁闔上。這年頭大家都用網路，誰還登報紙呢？

端著人腦找工作的時代過去了。

想起有次在捷運站，他看見兩個孩子，低著頭玩手機，他們靈巧的手指像在跳舞似地滑來滑去，「嘿，把你的網路分享一下。我的網路跑不動。」黑頭髮的男孩要求。「捷運有免費的 WIFI 熱點啊。」站在旁邊身材高瘦的金頭髮，漫不經心地回答：「你自己試一下，我正在上傳影片到 YouTube。」

他站在一邊等待捷運進站，手足無措。那一段對話裡的單字組成，網路，WIFI，熱點，上傳，YouTube，對他來說，跟宇宙形成的祕密一樣，是一塊黑灰色的布，掀開後裡頭什麼都沒有。他挺著身體，傻傻地盯著頭上的跑馬燈，列車將在一分鐘後進站。

那一分鐘，年輕的孩子似乎可以完成很多事，至少，有很多可能性供他們無限取用。可是他，身為一個五十多歲的中年男子，他只能等。等列車來將他載走，他的選擇只有剩下兩種：站著等或坐著等。說起來他會被淘汰，不單單只是一家公司的決定，是世界進步的浪潮吧。站著離開或坐著離開。

☽

方方的房間裡面，他一個人盯著牆。存款簿顯示他還剩一百七十八萬元。他想起欣合，一個公司的新進人員，跟她在一起時，一切都容易多了。不知道她現在好嗎？

他們的第一次相遇是個笑話。

「咦，妳看過我的老二嗎？」他表情輕鬆地問著。

他在茶水間遇見黃欣合時，妻子剛產下第二胎。為了找點話題聊，於是這樣開了口。

「啊？」剛報到的年輕女孩，表情驚恐地看著他，他沒有發現。

「我的老二長好大了，正是可愛的年紀，」他對著窗外，用手指著家的方向：「哪天午休時間方便的話，帶我老二來給你們看看。」

黃欣合漲紅了臉，轉身就走了。他過了好一陣子，才意會過來自己說出的話非常噁心。他們一整個禮拜不再說話。

☽

四周非常安靜，他拿起計算機，下學期三個孩子的學費，加上安親班費用，總共三十萬，每月房貸五萬，家中固定開銷六萬元，若是估計三個月後才找到新工作，他還剩下一百一十五萬。

後來，並無確切的原因，在他四十五歲到四十八歲的三年裡，他和欣合真的上了床，發生了頻繁的性關係。在脫光衣服時，欣合會戲謔地握著他的下體說：「你的老二長好大了嗎？正是可愛的時候呦。」

說這些話時，欣合臉上帶著嫵媚的笑容，他看著她上半身因撫摸而逐漸堅硬的乳頭，才不顧這些玩笑話，連忙拉下褲襠，要她轉過身去。

他要壓在上面，對著鏡子做。他喜歡看到她臉上的表情。

☽

「喂，老頭子，晚餐吃昨天剩下的肉羹湯好不好？」妻子敲了房門，聲音從遠遠的地方傳過來。「昨天多買一碗，我幫你熱一下。」

「哦，沒有其他的東西可以吃了嗎？」他問。

「還是你只要湯？肉羹我可以幫你吃掉。」太太回答。

坐在電腦前面，他笨拙地使用滑鼠，瀏覽著人力銀行網站上的職缺，那裡面充斥著足以讓他累到斷氣的工作。男人衰弱至此，不宜強求太多，將來一輩子都得吃肉羹湯沒肉羹也說不定。

再過兩個月，他就滿五十五歲了。他伸出左手與右手兩根食指，滴滴答答緩慢地打著字，重新整理自己的履歷表。

中興大學經濟系畢業。一九九一年至一九九三年，企劃部專員；一九九三年至一九九五年，行銷部課長；一九九五年至二〇〇二年，業務部經理；二〇〇二年至二〇〇八年，業務部協理；二〇〇八年至昨天，業務部副總。

今天，我玩完了。

人生如果是一條筆直的道路，他越跑越慢，早就追不上任何東西。徹底崩潰之前，趕緊闔上電腦。

「唉呦，大熱天誰想吃肉羹啊，我跟朋友約好出去吃飯。」

他聽見今年準備升高三的二女兒在房外埋怨，他們前不久還為升學的事發生爭執。

「欸，大小姐，」他記得自己明明是出自好意才這樣提議：「我跟妳說，妳想出國就去，將來盡量去考哈佛大學沒關係，錢的事情爸爸會想辦法。」

沒想到青春期的女兒居然不領情地翻了個白眼，她撥撥頭髮回答：

「爸，要不然你自己去考哈佛大學，錢的事情我來想辦法。」

「哈哈哈哈哈，」妻子大笑出聲：「哎喲，太好笑了。」

在鬨亂的笑聲裡，他只好跟著笑。可是他的心裡不是很舒服。為了這個家庭，他犧牲了很多。

☽

兩個月前，他因為右手舉不起來就醫。醫師要他站直貼在牆壁上，測量他患處的嚴重性。「就是某天起床以後，手就怎麼都抬不過肩膀了。」

「之前有撞擊受傷嗎？」

他搖搖頭。

檢查了一會兒，醫師請他約下次物理治療的時間。他坐在外面的藍色塑膠椅等待。

「你得了什麼病？」一位坐在旁邊的阿伯問。

「醫師說是五十肩。」

「哎呀，哪有可能？」阿伯露出驚訝狀：「像你現在三十出頭的少年人也有五十肩？」

他得意極了，到處去跟別人說這個故事。不過是兩個月前的他，覺得自己英姿煥發。但現在，情況有所不同，下星期的物理治療門診不要再去了吧？

他選擇在中午午休時間，打包辦公室的用品從後門離開，因為尊嚴的關係，他選擇人間蒸發，沒有跟任何同事告別。

走在路上，看見了一台雞蛋糕的鋪子。一個兩、三歲左右的小朋友排在前頭，由年輕的媽媽抱著，孩子無法決定自己要吃的數量。「我七山郭

（我吃三個）。」他說。

「三個十元。」攤販回答。

「那我還要再七五郭（那我還要再吃五個）。」

「要不要七個二十？」攤販又夾了四個進去袋子裡。「還有狗狗也要七呀（還有哥哥也要吃呀）。」孩子補充。他靜靜排在後面等，什麼也沒有說。倒是孩子的媽媽有點不好意思起來：「就買七個。不要囉嗦。後面有人在排隊。」她轉過頭向他表示歉意。真有禮貌的女人啊。他露出沒關係的表情，保持關愛的微笑。

「口系人家還沒有棒法決定（可是人家還沒有辦法決定）……」聽到孩子還在猶豫不決，媽媽突然生起氣來：「你都不要吃最好。」

她將小孩抱起，走到一邊去。接著她說：「你沒看到後面的阿公也要買蛋糕嗎……」

唉。

他沒有買雞蛋糕，將公司的紙箱丟到便利商店的垃圾桶裡。老去這件事讓他感到非常害怕。

☽

「巴巴，巴巴……」最小的女兒站在門外，用不太標準的口音叫著他。出生時因為臍帶繞頸的關係，醫師判定她有注意力不集中的問題。對了，老三還要參加早療課程，得花四萬元。還剩一百一十一萬。

回想起老三出生時，當醫師從自然產的計畫改成緊急剖腹，他看見滿肚子血肉洶湧溢出的畫面。對於開腸剖肚，他不是勇敢的人，只能一直忍耐著，直到嬰兒小小的身子被拉出體外，醫師遞給他一把剪刀剪臍帶。儘管大家都說他是太緊張的緣故，但他發誓，在嘔吐以前，他親眼看見，小女兒黏答答的頭部，掛著兩張不同的臉。

「巴巴，巴巴。我回來了呀。」那血肉模糊的孩子，還開口叫了他。

☽

又是一個不能忘卻的回憶。

他跟欣合約好在私人開業的婦產科診所見面。在清潔劑與裝潢的塑膠味道混雜中，欣合坐在他旁邊不發一語。

他們夜路走多了。

這家診所到底殺掉了多少胎兒？「這裡空氣不流通嗎？」他看見一塊一塊團狀的不明雲霧，漂流在「妙手回春」的匾額上方，沒有人回答他的問題。

「我不能把孩子生下來，」這是進入診間，欣合對著醫師說的第一句話，那語氣斬釘截鐵：「沒有人會疼他的。」

醫師臉上沒有情緒，他機械式地指著超音波的圖像問：「既然決定墮胎，怎麼等到快五個月才來？妳看，小朋友手腳都長好了。」他看了她身邊男人一眼，沒有人回答，醫師便接著低頭寫字。

天花板一塊一塊的霧團，是剝落下來那些殘破嬰兒的靈魂？

他想到這裡，身體便顫抖。手術時，欣合讓他在外面等。過了大約二十分鐘，護士朝著他的方向走過來。「黃小姐手術完成了，她要我跟你說，請你先離開。」

「我說好要等她的。」他堅持著。

「這是她寫給你的紙條。」護士將一張小紙遞上。

「你回家照顧太太。我沒事。」簡短幾個字正正經經地躺在黃色的方形框中。他們之間結束了。

☽

咚咚，咚咚咚……此時房門又響了起來，妻子喜歡用「愛的鼓勵」的節奏敲門。

她戴著口罩，試探地露出半張臉，接著遞了碗湯進來。

「還在發燒嗎？」妻子伸出手摸摸他的臉。

「躺一下之後覺得好多了。」他只看得到她細長的眼睛。

如果可以的話，他想要告訴妻子所有的事情——失去工作，跟外面的女人上床，殺了一個懷胎五個月的孩子。會不會是嬰靈，嘗試用臍帶勒死他第三個孩子？

「欸，上次說過小蜜要換新鋼琴，還記得嗎？」

「什麼時候說過？」小蜜是他的大女兒，就讀音樂系。「鋼琴老師給了型錄，我圈了幾個你看一下。」型錄從門縫裡塞了進來。

「喔。」

終究他什麼都沒提，把心裡的祕密折疊好放到口袋裡，鋼琴型錄擺在枕頭上。

妻子收回半張臉，關上門走出去了。

如果人生可以重來，他不會買一個有四間房間的房子，門也不會選高級實木的材質。他感覺自己的一生被設計高明的圈套困住，沒有人在婚前提醒他，當一家之主的困難。大家只是在婚禮上飲酒作樂，關於婚姻之內種種問題與花費，應該要有像鋼琴型錄這種格式來作說明的。

一台鋼琴要十六萬？人類有這麼需要音樂嗎？

☽

父親過世的那天，他正忙著在外頭跟客戶談生意。回覆妻子的來電時，一切都已經過去了。

殯儀館的工作人員領著他走進小房間，流利地拉開屍袋，露出父親的臉，紫色的額頭，泛紅的鼻，半開的眼皮下，兩顆不對稱的眼珠。他說不出話，點點頭作確認，父子兩人這輩子沒有說過幾句話，這樣的習慣直到最後一刻。

「那就帶伯伯去冷氣房休息囉。」屍袋又唰的一聲被關起來。

停車場在地下二樓，駕車離開的時候，妻子問：「爸爸後來跟你說了什麼？」為此他無來由地發了脾氣，大聲喊著：「人都死了，還能說什麼？說這話什麼意思？」

「爸爸快要昏迷前，在病房要我打電話給你，然後叫大家出去。難道你沒接到那通電話嗎？」

他沉默。打開手機，一通未接來電。接著一則語音留言。

車子開回家後，他讓妻子帶著小孩先上樓，將車在路邊，聽取留言：「兒子。」他聽見爸爸沙啞的聲音，從電話另一頭傳來。空氣飄著雨的氣息。

「現在換你照顧所有人。嗯？」

電話一下子就掛掉了。雨落下來。高明的圈套裡有繩索，把他團團捆住，他在那一刻知覺到，自己是家裡剩下的男人。

喀拉，喀拉，時鐘發出規律的響聲。「這個秒針有什麼毛病？吵死了。」有次在半夜，妻子抱著枕頭走出臥房，說了這句話。

每一秒都吃力。他從床上爬下去，將暖暖包用垃圾袋包好，塞到抽屜的底層裡，從書櫃中取出一本陌生的詩集，配著晚餐的熱湯。

這是我睡著的時候，
人家承諾給我的地方。
可是當我醒來時卻又被剝奪。

這是誰也不知道的地方，
在這裡，船和星星的名字，

已經飄到伸手摸不著的遠方。

山不再是山，
太陽不再是太陽。
到底原來是什麼樣的東西，也漸漸想不起來。

我注視著自己，看著我的額頭上，
一點昏暗中的光輝。
過去我不缺什麼，過去我還年輕……

現在我覺得這些似乎很重要，
我的聲音彷彿能傳到你耳中。

而這裡的風雨，似乎永遠不會停止。

詩的篇名是〈一個老人在自己的死亡中醒來〉。他想，要是改成〈一個中年男人在自己的失業中醒來〉，就再恰當不過了。

☽

小學的時候，他曾在作文裡面，義正辭嚴地寫下，長大以後想做一個探險者，到叢林裡面學習植物的知識；接著再到天文台當科學家，發明控制天氣的方法。

小學生的他想得很美。等他越長越大，變成一個中年男子後，別說天氣了，他連每月的花費都控制不住。

他把當年的夢想當作過期的考卷，不再相信冒險與好運，在計算機率與金錢中過日子。在保險產業中。有一種專門的技術，捏造故事、散發消息，恐嚇大眾——

人會在一瞬間被車撞死。

火災可能在夜深人靜時發生。

一下子癌細胞就會擴散到淋巴腺。

人類要多慘就有多慘。

凡事都有可能慘上加慘。

他變成一個危言聳聽、幸災樂禍的中年保險業務。這是他的詩。

☽

胡思亂想令他覺得睏，混合著窗外的雨聲，他習慣性吞了幾顆止痛藥，呼嚕呼嚕地躺下睡去。

「小皮。」模模糊糊地，他聽見母親喊他的小名，用歌唱的方式：「小皮小皮，起床吃東西……」恍惚中他睜開眼，看見母親的臉，和她眼尾的一顆痣。

「媽。」母親坐在他身邊，用手捏著他的肚皮。

「呦，小皮沒吃飽，這樣長不大啊⋯⋯」

「媽。」他又喊了一次。

他明白這是夢。母親的骨灰，是他用一雙大木筷夾進罈子去的，可是此刻他怎麼樣都不願醒。

母親是他確切愛過的人，他們確切相愛，對其他的女人他都不能保證這點。他吸一口氣，聞進她髮間淡淡花露水的味道。這些年他也長出了跟母親一樣灰白的頭髮。

「在天上，妳看得到我做了些什麼嗎？」他問著母親，「妳走了以後，我都在犯錯，其他什麼事都沒有做。」「做了什麼不重要，做的理由才重要。」母親替他理了衣領，又拍著他的頭：「小皮一定是太餓了。」

「我不餓，我剛剛吃了肉羹。」他回答。現實跟夢境的界線，就像長假時學校黑板遺留的粉筆痕，越抹越淡了。

他的腦子一下子昏眩，一下子清醒。

「是你的心裡餓了，才會……」母親指指他的胸口，停頓下來，想了一想繼續說：「才會發生那些不願意的事。」

「我怕，如果我全都說出來，我很怕。」

「小皮，你還是常常在擔心喔……」母親的笑容中帶著一點懊惱。

夢裡面時間沒有長短，他們沉默了一陣。

他摸著母親的手，母親手上還掛著六十大壽時他送的玉鐲。（那鐲子少說價值十多萬呢，放到哪兒去了呢？）

「沒有必要一直逞強。」母親直視著他的眼睛，嘆著氣說：「你別學你爸爸那樣。」他再也忍不住，眼淚流了下來，「媽，妳還會回來看我嗎？」母親移動身體，換了個姿勢，用雙手把他的頭緊緊抱住。像小時候那樣。他聽見她緩緩地說：「就是捨不得你受苦，我才來。」

醒來的時候，天已經全黑了。妻子戴著口罩走進房間來，準備將枕頭被子取走。「今晚我跟女兒睡喲。」妻子這樣說。

「不。」他縮在被窩裡，全身軟弱無力，像隻飢餓的小狗努力抬起頭：「拜託妳，不要離開我。」夫妻的眼神交會了一秒鐘。超過三十年的婚姻關係，兩人的距離忽遠忽近。

「唉呦你這個人，平常不生病，生起病來還真嚴重……」

妻子在床沿坐下，把他汗濕的頭髮撥整齊。

他苦笑地握住妻子的手，聽見自己用卑微的口氣懇求：「無論如何，今天晚上，請妳躺在我的身邊吧……」

不要太過分

亂流的時候她坐在我的旁邊，準備隔天早晨的簡報，我歪著頭偷偷觀察著，一雙纖細高雅的雙手靈巧地敲著鍵盤，答答答，答答答答。我想起面試的那天，她身上帶有相同的氣味，五官中她的鼻子最美，單獨來看有點像個男人。

只有在飛機起飛的十五分鐘，她稍稍閉眼休息了一陣。在那之後，她就把電腦打開，毫不遲疑地開始工作。機上忙碌的送餐服務，絲毫沒有打亂她的思緒。只有在非常短暫的瞬間，她會對著眼前的數據皺起眉頭。

我小心地用完餐點，一杯淡茶沖不散食物在舌苔上殘留的酸腐味道，讓我憋著氣息。這是我第一次跟主管一起出差，我得表現得好一些。於是我裝模作樣地拿出筆記本，望著空白線條默默地吞嚥著口水，打算想點東西。

四個半小時的飛行時間，她沒有停下來的打算，倒像是每根手指有自己的意志，她一頁接著一頁打出大量的英文字母，字母組成單字，單字連成句子，用右手的小拇指按enter，用左手的食指滑動游標，像是芭蕾舞者踩踏輕快的節拍。連空中小姐都嗅得出她的態度，在經過時特意放輕了腳步。

我聽著電腦跟隨著她的節奏，清脆地發出滴滴答答的聲音，便忍不住睡著了。在夢中，那個規律的節奏感幻化成一首高速進行的奏鳴曲，堅定地向前行。

有一天，我在心裡暗暗地希望，自己也能變得跟她一樣強。

她是我的新老闆，她是我的神。

☽

進飯店房間的第一件事，江心怡查了一次電子信箱，確定沒有任何新進的郵件後，她才終於把電腦闔上，移到床邊的小桌子。

熙來攘往的信件停了，代表夜已深。她在心裡想著，浴室裡傳來的嘩啦嘩啦的水流聲。

手機響了起來，她知道是他。

「嘿。」她把聲音放低。

「今天好嗎？」那男人問著，同樣壓低著聲音。

「嗯，還好。」她點著頭。想起自己同時身兼下屬與情婦的角色，心裡還是有酸麻的感受。

「新來的小朋友有沒有乖乖聽話？」他特意模仿著新同事說話的小女生口氣，讓她笑了出來。「工作夠努力嗎，簡報作了五頁還是五十頁？」

「比你聽話多了。」她抿著笑容。

「什麼時候回來？」

江心怡沒有立刻回答這個問題。她把手機從左耳換到右耳，遲疑了幾秒。或許是那個口氣，令她想起自己在四年前不是這樣子的。那時的她，每天熱情地工作著，忙著規劃年度的財務計畫。

不過是一個無心的差錯，讓她把某個廣告預算項目放錯了日期，為數不少的錢，在不該花掉的時間點，平空消失在帳目裡。

為此她在晚上害怕得無法入睡。龐大的金額會讓主管暴怒，把她炒掉。或者更糟的，她必須得自己償還。她給不出那麼多錢，母親的醫藥費還得靠她這份工作。

她倒在床上，任憑空氣從氣管中被抽乾，肺部塌陷成一個扁平的皮囊。

整夜無眠，睜著布滿血絲眼睛，看著天空漸漸地亮起來。

隔天，江心怡帶著最後一天上班的心情走進辦公室。

低著頭認錯時，主管看著她，看了一分鐘這麼久。那眼神像是有著旋轉的力道，抓住她的腹腔。

弄清楚問題後，他抓起西裝外套，帶她去吃晚飯。

那個夜晚，于恩宇說了一些笑話，從頭到尾都沒有提到這個錯誤。他動用了一些關係和冒了個險，掩護了她。

不過是一個無心的差錯。

一開始的幾個禮拜，于恩宇會傳簡訊問候她。後來的幾個月，每週一次，他會約她出去吃午餐。像纏繞的藤蔓，他們的關係逐漸緊密。江心怡知道他結婚了，但她很感激他的幫忙，所以她還是準時赴約。

他從來沒有利用那件事脅迫她。當她在公寓裡，安靜地把胸罩脫下時，他便湊過去用雙臂環抱住，那是自然的男與女會發生的情欲流動。于恩宇在做的時候會喘氣。她則是配合著發出同樣節奏的聲音。

江心怡是故意的。

整個親密的過程，被一台在書桌邊的攝錄影機拍了下來。她以為這樣做就能保護自己。畢竟對方手上有一個她的失誤，她得建立對價關係。

「我這週末就回來。」江心怡對于恩宇說。電視在床的另一頭，她盯著漆黑的螢幕看，看見一個沒有表情的女人，握著手機，蜷曲著身子。

後來會跟他定期躺到床上去，是很難解釋的事情。

一開始還清楚知道自己不是真的愛他。只是決定把把自己的身體當作一種近似交通的工具。當他親吻她時，她看見這個男人背後代表的方向與速度，駕馭這個男人，能讓她更快去到她想去的地方。

「那麼，這個週日，同樣時間，老地方見面？」他問。

「好。」在電話另一端，她同意了。這個階段，她需要老闆喜歡她。這個階段，她不再對自己的身體有任何感覺。

跟于恩宇上床時，只需要想著能換到什麼。總共加薪了五次，上個月升職。時時刻刻，她聽見不屬於自己的聲音在腦中說話，「得失都要計算清楚喔」。

掛了電話，江心怡愣愣地坐著，任自己發呆了一陣，只有躺在飯店白色的床單上，她才能暫時把世界確實地鎖在門外。

她再次打開電腦查看信件。浴室裡傳來穿著拖鞋的粗魯腳步聲，使她突然意識到，還有另一個小女孩也在這裡。

這傢伙洗澡時還唱著歌呢。

☽

天氣好的時候，她從五點四十五分就開始工作。因為她說天一亮就睡不了覺，我建議把窗簾拉下遮擋光線，她沒說話。

原本以為跟老闆一起到國外出差，住豪華的五星級酒店，是件愉快寫意的事情。但我現在不這麼想了，這幾天跟她同睡一間房，我漸漸了解為什麼她能夠一路走到這裡的原因。

她見我從浴室走出來，才把手上的電話放到一邊去。

「換妳洗澡了。」我說。

「我去樓下酒吧喝點東西，妳先睡吧。」她回答。接著就撈起圍巾與筆電，快步往外走。她走到門口時，我叫著：「妳的手機？」我偷偷看了一下手機螢幕，畫面還停留在她與總經理結束通話的時間。

三分五十四秒。

新加坡的夜景跟工作無關。我逕自打開電視看。有個主持人在模仿女明星唱歌。歌才唱到一半，我就睡著了。迷迷糊糊中聽見房門打開的聲音。她直直走向書桌，沒有看我。

「晚安。」我說。

為了讓自己不要太有罪惡感。我把棉被拉起蓋住自己的頭。滴滴答答的鍵盤聲又響了起來。

我想起辦公室裡其他的同事常羨慕地說，她是個幸運兒，在職場上平步青雲，升官的速度像坐噴射機。但只有我知道，在漂亮、聰明、溫柔、負責這些種種優點下，她還有一個核心能力。

她從不停止工作。

☽

于恩宇在家門前，要求司機讓他一個人靜一靜。他趁這個時候打了電話給心怡。

光是撥著她的電話號碼，就能讓自己的肩膀放鬆下來。聽見那女孩的聲音讓即將五十歲的他覺得自己很年輕。買了四房一廳，女兒開始濃妝豔抹以後，他特別渴望這樣的寄託。

當年心怡是他唯一的下屬，那時她才是個大學還沒畢業的暑期實習生，綁著個馬尾，稚氣未脫。他們一起工作，一起加班，也經常一起挨罵。但她看著他的時候，那雙眼睛裡有崇拜，即使于恩宇不過是一個沒沒無名，能力尚待加強的小主管。

後來當然他出頭了，下面帶了五十多個員工。但依然只有心怡，能提供他內心底層需要的東西。他喜歡她的認同，喜歡在成功談下一筆生意之後，讓心怡舔拭他的身體。心怡的存在讓他覺得自己很重要，這點是他妻子望塵莫及的。

心怡這星期在出差，還要幾天才回來。于恩宇把電話收進西裝口袋，長長嘆了一口氣。他走出車子，對正在抽菸的司機揮揮手後，便轉身按下了電鈴。

是兒子開的門。正值叛逆期的他已經不再露出可愛的笑容，他對著自己的父親，匆促點了一下頭，便轉身走進吵鬧音樂的房間裡。

「媽媽呢？」他拉開房門問。

兒子搖了搖頭。

「姊姊呢？」

兒子眼睛盯著漫畫，他於是退出房間。

空盪盪的客廳裡，只剩他一個人坐在鋼琴前，無意間看見鋼琴上那張相片，有著父親的字體。民國七十一年，兒于恩宇參加全國鋼琴大賽。

他認得于恩宇這三個字，是他的名字。但照片裡的那個意氣風發的孩子，已經不是他熟悉的樣子。

他常常覺得自己不應該娶她，但那時他的選擇不多。他從沒交過女朋友，在大學的古典音樂社團裡認識了她，而她喜歡他彈鋼琴的樣子。

「很有藝術天分喔。」她說。「我家有一台大鋼琴，都沒有人彈過。」

容華的家世背景很好，父親是地方上的重要官員，黑白兩道通吃，他們家不只是鋼琴，所有東西都很大。

很多很多年，就這樣過去了。于恩宇沒有讓自己失望，在事業上走到了想望的彼端。但他卻突然發現，一個沒愛過的女人，每天都睡在他的身旁，兩個孩子都好像陌生人。

一股無力感襲上他的胸口，他感覺一股強烈的需要，得再打一次電話給心怡。

☽

總經理打電話來的那一刻，我先是看著錶，接著搓了兩下手，終於在響了五聲以後，鼓起勇氣接了起來。

「那個……你好……」該死，我不應該這樣開頭，太可笑了。可是我一緊張起來總是六親不認。

「心怡？」于恩宇小小聲地問。

「總經理你好，那個，不好意思。你好。」我捏著自己的臉，重新深吸了一口氣，本來在工作的她不見了，啊，應該是在浴室裡。「我是小靜。」

一直到了第三秒，他才意識到接電話的人，是那個與心怡一同出差的新進員工。現在心怡也有自己的跟班了。

于恩宇皺起了眉頭。「妳好。」他簡短地說。在電話裡陷入一小段沉默。

「她正在廁所……應該才進去沒多久……」我努力壓低自己的高音，但還是掩蓋不住著急的樣子，跟我說話的男人，可是這家公司的總經理。

「什麼事情……我應該可以幫忙……不然……還是……我叫她出來聽？」

「喔，不用了。」他明白自己的需求不是小靜可以幫忙的。于恩宇坐直了身體。想藉此把自己的脆弱收起來，換上威嚴的外衣。他刻意低啞著聲音，讓這通半夜的來電變得理直氣壯：「請江副理晚點回我電話就好。」

我點點頭把電話放下，癱倒在沙發上，發出砰咚的聲音。還好我的老闆不是他。

我其實在睡覺，根本不知道江副理跑到哪裡去了。

☽

江心怡緩緩地把床單整理了一下，試圖不要吵醒隔壁的男人。他睡著的時候就像個小孩，週末懶洋洋的陽光，映照在他的睫毛上，他吸著濕潤的鼻子，平順地呼吸。

她走進浴室沖了個澡後，裸身站在鏡子前，用粉色的浴巾擦拭自己的身體，她想起那是去世的母親留給她的。

這一生，她到底用自己交換了什麼？

江心怡聽見那聲音低低的笑她：「跟男人睡超過第十次以後，就開始不划算呦。」她摀住耳朵，讓自己坐在浴缸邊上。不用誰來提醒，她知道這樣一路計算過來，目前結果仍然不夠好。男人比她大上十二歲，她知道他不會離婚，她也不會更年輕了。

接下來的計畫是什麼？到底哪裡出了差錯？從小到大，她都竭盡全力避免犯錯。

于恩宇能給的，最多就是這樣了。可惡。可恥。不知道什麼時候開始，她對那男人，開始有了其他的期待。

那聲音又出現了，在小小的一方空間中，偷偷對她說了些話：「讓他看看，女人的殺手鐧喔。」

江心怡瞪大了眼睛，既然目前結果還不夠好，就得放手一搏。突然之間，她想不起自己上次的月事是什麼時候了。

☽

今天是我進公司的第四個月，依照指示，抱著一堆文件，我在主管辦公室裡坐著。

「在這裡工作還習慣嗎？」她走進來，故作輕鬆地問。

「多虧有妳的幫忙。」我感激地點點頭，聞到她身上淡淡的香氣。

她不自在地整理著桌面，沒有抬起頭看我。我注意到她的手機螢幕上顯示著兩通未接來電。來電未接不像她平常行事的作風。

「有件事情跟妳說。」她站起來，背對著我，深吸了一口氣。我看著她聳起的肩膀，趕緊拿起筆記本。

「小靜，我懷孕了。」她說。

我這才發現她今天沒有穿著高跟鞋。

現在要記什麼？我拿著原子筆愣在原地，心臟好像連續抽動了兩下，一下子不曉得該怎麼反應才好。這個工作狂般的主管，已經結婚了嗎？不，她絕無可能是已婚的。除了每天的會議會議會議，她竟還有其他時間交異性朋友？難道二十四小時不間斷地打電腦也會受孕嗎？

「今天晚一點，我會跟總經理報告這件事。」她刻意避開我的臉，不理會我微張著嘴的驚訝表情，繼續把話接著說下去：「妳也知道，女人懷孕以後，生活重心就會改變。」

「是。」

「我得重新打算，關於工作，暫時得休息一下了。」

「好。」我恭敬地回答著。樣子有點像是機器人。

「不過妳不用擔心，我會保證需要妳的部分，妳都能接手。」

「明白。」

「我開了一個共用文件夾，我會陸續將整理好的資料檔案傳上去。」她把一組密碼交到我手中，我一下子沒接好，那張輕飄飄的紙便落到地上去了。

「沒問題吧？」她蹲下身將紙條撿起，笑得比誰都燦爛，我想是母性的光彩。

「那個……」我結結巴巴地說：「恭喜，恭喜。」

「謝謝。」她回答得漫不經心，一瞬間笑容消失了，就跟以前一樣，她的思緒滑落到其他的事情裡。

「總而言之——」她回到自己的座位上，提高了聲音，「我們開始交接吧。」

☽

當心怡通知他懷孕的消息時，于恩宇坐在餐廳裡，雙腳在桌子底下不安的交互移動。心怡堅定地表示，她可以不動聲色地把這個孩子生下來，但她需要知道他的想法。

纖瘦的她雙手交握，言語之間很像在談工作，有點太過平靜了。于恩宇並沒有心情進一步去分析，她安靜的臉部表情背後藏著的動機。

「你想過離婚嗎？」她問，彷彿這個問題跟決定團隊出差預算有關。

于恩宇想的是另一種解決方法，但他不能開口。

「心怡……」他啞著喉嚨，拿捏著自己的口氣：「這事有點突然……讓我好好想想，可以嗎？」

「不可以喔，嘿嘿嘿……」那聲音又在心怡的腦子裡說話了。心怡最近不太能控制那聲音對自己造成的影響，相較起來，她發覺直接服從那聲音比較不辛苦。

「事到如今，不可以還讓他回家想想喔。」

「知道員工懷孕了，你是公司主管，不用先恭喜我嗎？」江心怡換了一個態度，她定定看向于恩宇，于恩宇露出不安的表情。

「妳幹什麼要這樣說話？妳明明知道……」

「那我們的孩子，你想怎麼辦？」她用大聲地用「我們」二字質問他，身體微微顫抖。

于恩宇把頭往後仰，有些後悔自己把這個女孩拖住了這麼長的一段日子，現在報應來了。

「妳還這麼年輕，心怡，妳確定嗎？確定想要個孩子？」提出另外一個問題，換取一點時間，是他在公司會議中經常使用的拖延戰術：「我很在乎妳，可是，孩子的事情，會讓我們之間變得很複雜，妳想過嗎？」

「哎呀，老闆不像妳想像的愛妳，還把簡單的事說成很複雜，這要怎麼辦呦？」

江心怡瞪著于恩宇。她用銳利的眼光瞪著他，直到他低下頭來。

「這個該死的混帳，不如打死他吧。」

他不會賠妳的，他拿什麼賠呢？眼淚在這時從她的眼角墜落。那些逝去的青春歲月，都算是白白浪費的碎屑。

「你先恭喜我……」江心怡哽咽起來，她不知道接下來該怎麼辦：「有好事發生的時候，我想要你先恭喜我一下……」

「對不起，心怡，我們能不能晚點再談，」于恩宇聲音裡帶著哀求：「我今天有很多事情。」

江心怡動也不動，她記得，媽媽在她挑食的時候總說，當一個人把菜挑到一邊去，說要晚點再吃時，就是永遠都不要吃的意思。

一切都是假的，只有她可憐的傻是真的。

不顧于恩宇的勸阻，江心怡站起來，頭也不回地往外走。為了不讓他追上，她來不及穿上大衣便開始奔跑。

「心怡！」她聽見于恩宇的聲音，但她不能停下來。

「逃吧，逃吧。」那聲音對她說。她改變方向穿越馬路，幾輛汽車向她猛按喇叭。她沒有看路，但她不能停下來。

砰！

一輛黑色的廂型車，不小心擦撞到江心怡右側的身體，發出沉沉的聲音。她爬起來想要繼續往前去。那一下並不嚴重，她甚至不覺得痛。她怎麼還在哭呢？

「心怡！」于恩宇還在後頭追著。這一次，她要讓他嘗嘗追不上的滋味。她雙腳大力踢著地面，但少踏了一步。她的身體往前傾斜。

砰。

在大雨中，江心怡的下腹脹痛了起來。她的內部在一秒之間，崩潰成一片一片的碎片，那碎掉的小東西，從她的身體裡毀壞脫落。大片的血水沾濕了她的底褲。

她再次爬起來。

她決定不再哭了。

☽

再怎麼樣，我們都是困住了。那情感裡真摯的部分，竟逼得人往崖邊上懸空一隻腳。如果最後，我連自己都賭上了，你說輸贏重要嗎？

我開始覺得事情有點不對勁，是從打開老闆的共用檔案以後。

這陣子她陸陸續續上傳著一些資料與文件，我的工作便是大量的閱讀，消化，再跟她一起討論。無意中發現，在密密麻麻的公司文件中，裡面有一個寫著「心怡筆記」的私人檔案，用日期依序排列存檔，但其中內容我看不明白。

二月二十八號。照了鏡子，覺得不像自己。聽見一個聲音在腦子裡，又遠又近的，那是誰在說話呢？

三月五號。不能再等了。他欠我太多。他欠我四年。他欠我一百四十九次的過夜費。

我知道這是個人隱私，趕緊把檔案關起來。但過不了多久，基於好奇，我又忍不住打開來繼續看。

就這樣反反覆覆了好幾次。

三月二十四號。身體不舒服。從清晨就開始孕吐。我現在是兩個人了。親愛的寶寶，媽媽很愛你。

三月三十一號。我到底在騙誰呢？我恨他。我要他跟我一樣痛苦。我不會就這樣算了。

四月八號。想去把孩子拿掉，又似乎沒有這個必要。我還有那支影片。我還有籌碼，決不會退縮。

越過隔板，我很快地瞄了老闆一眼。她正帶著微笑講電話，在她寬鬆的衣服中，那肚子已經微微隆了起來。

四月十號，沒有人知道我的苦。小靜，妳知道我的苦嗎？

我不敢置信地再讀了一次。她坐在位子上笑著，那笑聲如此真誠。

小靜，妳知道我的苦嗎？

☽

當容華看見自己的先生，跟另外一個女人坐在房屋內一起吃飯的時候，她說服自己這不過是男人一時的意亂情迷，她驅車離開，決定忍耐下來。最近聽說那女人，已經穿上孕婦裝，挺著肚子在路上走，容華開始經歷嚴重的失眠。

「容華，」她的父親吸了一口菸，拿出幾張照片放在桌上，表情凝重，「妳自己要有打算。」

她瞄了一眼，就立刻把頭轉開。其實很多事情，她心裡早就有數了。她不敢相信自己的丈夫怎麼這麼傻？竟讓家裡的司機去送那女孩回家。他怎麼會不知道，過去的十幾年來，父親派了多少眼線盯著他。

容華咬住下唇，強迫自己拿起一張照片，于恩宇在那女人旁邊的笑容，讓她覺得刺眼。

「爸，」她說：「這件事你不要操心。」

歐正松把菸熄掉。瞇起眼睛注視著容華。容華在他心裡從來都沒有長大。如果可以，他想要直接開槍把女婿的腦子轟掉。花不了五秒，就能解決一樁心事。

那幾張照片擺在容華面前，她卻沒有哭，看來這個小女孩是長大了。歐正松想要看著她看得久一點，他就能看見那個剛剛學會芭蕾舞，不停在客廳轉圈的女孩。容華五歲那年就沒了母親，從那天起，他不願意讓這個小女孩再多受一點苦。

「這個女的，妳認識嗎？」歐正松指著照片問。

「應該是恩宇的同事。」

「好傢伙。」他冷冷地說：「好傢伙。」

容華先是伸手壓著父親握緊的拳頭，接著側過身去拍拍他的肩膀。她明白父親正盤算著一些事情，她想著自己要如何說出下一句話。多少次父親震怒的時候，都是她幫他說話，去把事情緩下來的。

于恩宇對他來說，不過是指尖下的小螞蟻。

但那些照片如此侮辱人。容華再次咬了咬嘴唇，強迫自己把喉頭的話吞回肚子去。她不敢告訴父親，其實她知道得更多。

昨天下午，他們兩人的性愛影片寄來家裡，她看了開頭。

容華記得自己摀住了嘴，才沒有讓聲音和嘔吐物同時從嘴裡衝出來。她用最快的速度把電視關掉，接著坐在廚房裡休息了一陣子。在她的心裡，只怪那女人為何要這樣傷害她，好好當個第三者不行嗎？她愛于恩宇太多了，過分到自己都要嫌棄的地步。

天色逐漸暗了下來。

模模糊糊地，她聽見父親說：「不能教訓那男人，也要給那狐狸精一點顏色。」

「讓爸爸出主意，好不好？」

她含著眼淚沒有說話。這次她不再擋了。

「欸，不要哭啦。」父親把水果盤推到她面前，要她吃一點。「水梨很好吃。」

儘管沒有任何胃口，她還是拿了一片水梨，她的父親坐得更靠近了些，好讓她有個臂膀能依偎。

「不要太過分。」容華對著父親說。

父親笑了，「怎樣算過分？」

「好了，好了。」歐正松眨了幾下眼，撫著容華的背，拿起一杯茶來，湊到她臉邊：「還要不要吃點鳳梨？爸爸記得妳從小就愛吃甜。」

她應該找個像這樣的男人來愛。容華在心裡告訴自己。

于恩宇根本配不上她。

☽

沒人能想到會發生這樣的事，一直到現在，我都還喘不過氣來。

警察拿著小筆記本，要我敘述事發經過。「三個小時之前，副理要我開車去家裡接她……」按電鈴沒有回應，我便坐電梯上去，「在門口我喊了兩次，屋裡沒有人回應。」

「大門是開著，還是關著？」警察問。

我覺得很奇怪，為什麼她家的大門隨著風會開開關關地搖動。接著，從狹窄的門縫裡，我看見一個女人躺在地上，鼻青臉腫，眼睛與眉毛周圍都是血跡。

「麻煩……扶我起來……」她伸出一隻手，聲音微弱。

我急著要打電話找人幫忙，她卻左右搖著頭。

「幫我……把門關好。」她說。

「可是妳應該去醫院，妳受傷了。」

她堅持不肯。於是我扶住她的肩膀，讓她歪歪斜斜地站起來，我依稀看見了她衣服裡面，腹部包裹著的包袱。

「我……要去……浴室……」她才把話說完，又昏倒了過去。

急診室裡，醫護人員七手八腳將她抬上輪床，我告知他們傷者懷有身孕。我聽見護士呼喊著一個醫師的名字。他帶著聽診器走了過來，那醫師戴著厚重眼鏡，一面檢查一面問我跟病人的關係。

「她是我的主管。嗯，老闆。」我又結巴了起來，「我不知道，不清楚為什麼會發生這樣的事。」

我無法控制自己說話的聲音，剛剛在路上，我發現她被打得牙齒都掉了幾顆。

另一個女醫師拉開白色的門簾衝了進來。

「知道她懷孕幾個月了嗎？」

「大概，大概五個月。」

有人將超音波機器快速地推過來，醫師將病人的上衣掀起。

那隆起的肚子，不過是一個圓形的枕頭，以繃帶纏繞在她的腰間。

所有人同時安靜了下來。

☽

當容華聽見于恩宇在門外的腳步聲時，她快步地坐下將電視打開，她得假裝這是極其普通的一天，儘管她今天中午見到那女人了。

江心怡本人比照片上漂亮。

只是坐在車裡，看著女人在餐廳裡用餐，容華便理解于恩宇會愛上她的理由。

她擁有一股文弱的氣質，但眼神充滿力氣，纖瘦的身子挺著一個脹大得不成比例的肚子。

曾經有一刻，容華想鼓起勇氣過去跟她談判，但最後並沒有採取行動。她請餐廳的服務生，送一張紙條進去。紙條上她留了自己的手機號碼。

☽

「驗孕確認是于恩宇的孩子後，請打電話給我。」

坐在手術房外等待的時候，我想起某天中午吃飯時，副理主動跟我聊起的事情。

「妳知道嗎？大學聯考結束那天，我哪裡都沒有去喔。」江心怡說。

「累到直接回家睡覺了嗎？」我問。

「那種時候沒有人可以直接睡著的。」她搖著頭。

「喔。」

「我只記得自己好興奮，放下了一個重擔。身體變得非常輕。」

「都是這樣的呀。」我說。

「所以啊，我回到家，把課本放下以後，又再把英文的單字跟片語，多背了五百多個。」

「啊？這不太尋常吧。」

她對著我微微笑著，眼睛閃著光。

「這樣很舒服啊。」她舉起叉子轉了轉。陽光透進窗邊的玻璃，在她的周圍透出一種光暈。「完全不停下來，一直一直往前走，就像有風吹著臉耶。」

我不曉得該怎麼接話，畢竟大學聯考結束以後，我連續看了三部電影，接著又睡了一天一夜。她果然不是普通的人。

「一直超前的感覺，是會上癮的。」她的笑容如湖水般擴散開來，漾出一個深深的酒窩。

沒有人知道我的苦。小靜，妳知道我的苦嗎？

我聽見有人喊了我的名字，穿著灰色的西裝，總經理來了。

☽

江心怡醒來的時候，于恩宇坐在病床邊。

她掙扎地坐了起來，扶著自己的肚子。

「我的孩子……」她擔心地說。

于恩宇心情複雜，他什麼都知道了。他要一個解釋，但他眼前的心怡，門牙只剩下一半。

「我的孩子在哪……」江心怡努力地爬下床，可是她支持不住身體的重量，她還不知道自己斷了三根肋骨，其中一根刺穿了肺部。

「哪來的孩子？」于恩宇壓著脾氣問。

江心怡杏眼圓睜，不明白他莫名其妙的問題。她下意識摸著肚子，發現那圓形的枕頭早已不知去向。「我的孩子呢？」她慌亂了起來。

于恩宇和她對看著，他不打算回答這個問題。這是江心怡要自己親口向他說明的事情。於是他等待著。

「孩子？你把我的孩子怎麼了？」江心怡咧開嘴巴，大幅度地上下咬動。她抓住自己的頭髮尖叫，眼角的傷口再度撕裂開，血水從縫線下方滲出粉紅色的液體來。

他抓住她的雙手。

「你是不是殺……殺死我的孩子？欺負人也不要太過分了，過分！」她嘶吼起來的音量很大，其他床的病患家屬轉過頭來關切。

兩位醫護人員聽見聲音走了進來，于恩宇用手示意請他們先離開。

「孩子沒事……沒事……」他安撫著她：「妳只是累了。」

江心怡露出微笑。她將背後的枕頭，塞進衣服裡面，用手撫摸著。

「差點就出狀況了……」她說：「出狀況就不好……」

于恩宇爬上病床，將她抱在懷裡。他把燈光調暗，聞著心怡髮間的味道。那味道變得陌生，他覺得害怕。原來這段日子以來，他搞砸的並不只是自己的人生。

「恩宇……」過了一會兒，江心怡溫柔地喊著。

「嗯？」

「我有預感……這個孩子……是男孩，會長得像你……」

于恩宇沒有說話，他用雙手環抱著心怡，直到她安心入睡為止。

☽

上午出院後，江心怡回了一封簡訊給容華。她確實告知下星期產前親子鑑定的門診時間，並邀請容華一起去。

沒有任何停頓，她把肚子上的圓枕調整好，穿上孕婦裝，便在中午回公司開始上班。一整天，她就像個負責的主管，在會議室裡一一檢查之前交代小靜的待辦項目，不讓任何一件小事溜出她的腦袋。

同一天裡，容華把那影片裝進牛皮紙袋，放在于恩宇的枕頭邊。她離開了家，沒有告訴任何人，自己接下來的行程。

一個冗長的會議結束後，于恩宇接到了岳父的電話。他把門反鎖，靠著落地窗，輕輕地坐在地上，沉默著。他知道自己該說一些話，但他最後只是把電話放在角落。

約定好驗孕的前一天，夜裡，一位年輕女性從辦公室頂樓墜落身亡。

一雙紫色的平底女鞋，整齊地排在二十七樓的牆邊。沒有遺書，也沒有任何可疑的徵兆。在尚未釐清自殺動機前，警方仍須深入調查，他們無法排除他殺的嫌疑。

江心怡走了，或許只是一個無心的差錯。

☽

告別式舉辦在清晨。那天，是個濛濛的陰雨天。

所有公司的員工都出席致意，身穿黑色服裝的同事們，三人一行，排成五列，由于恩宇夫婦帶頭捻香。他們表情肅穆，獻花，獻果，把疑問都放在心裡。殯儀館門口的不遠處，小靜一個人站在那裡，她已經不在那間公司上班，辭職以後，她把江心怡共用文件裡的檔案全部刪除了。

時間彷彿停止在昨日，停在一個時間點，他們只是上司、下屬的關係。

已婚男子于恩宇緊緊牽著妻子容華的手，依循司儀的指示，對著江心怡的照片深深一鞠躬，向家屬禮貌致意，轉身離開。

「痛失英才」。

經過一旁掛著縣長歐正松送來的輓聯時，容華的手心被握得微微出汗。

一個女人到底能用自己交換到什麼？

照片裡的女子，安靜極了。

就在那時，從遺照背後的區域，傳來一陣嬰兒嗚嗚咽咽的哭泣聲。準備離開的同事轉過頭看，卻找不到聲音的來源。忽遠忽近地，那綿密的哭聲在靈堂裡悠悠地轉著。

聽來很是委屈。

備註 原文〈老闆〉，改編自《FYI，我想念你：葉揚短篇小說集》，二〇一二年出版。

霜淇淋跟培根蛋

活動定義

快速約會，又稱作 Speed Dating，是一種經過組織性的聯誼模式。男女者經篩選後，付出單次入場費用，得以參加活動，進行一系列三至八分鐘的相互面談。透過此種社交方式，陌生男女得以在短時間內，認識十至二十位的潛在交往對象。

「你說自己為什麼不換工作？」

她戴著一顆小小的鑽石項鍊，襯著自在的笑容，在鎖骨的中間，那顆寶石一下偏左，一下偏右，因為小幅的晃動而閃閃發光。今晚所有的女生中，毋庸置疑地她最漂亮，像是一隻嬌美的獵豹不戰而勝地嚇走草原上的癩皮狗。她淡粉的嘴唇先輕輕上揚，接著才吐出問題，發出的聲音很輕巧，偶爾她的手指會扣著那顆鑽石，是一種伴隨著說話，改不了的小習慣。

「你喜歡自己的工作是嗎？」

「工作……不能說是喜歡，要找到更好的，我要確定有更好的才能換。」

和這樣的女性面對面說話，在她一波波浪潮般的魅力中努力往前滑著水，要鎮定下來並不容易，我感覺自己是她眾多的獵物之一。

這時玻璃杯敲擊的聲音在遠方響了起來。

「各位男士請向右移動至下個座位。」將小小的麥克風別在領子上的主持人，活力十足地宣布著。

她欠欠身子，對我微笑，「再見了，賣洗髮精的朋友。」

不過就是移動到隔壁的位子，我竟站起身來向她正式鞠了個躬，接著對她揮揮手。旁邊的男人覺得有點奇怪，不過他的目光很快就放到她精巧的臉蛋上了。

「你好，我叫艾莉。」

她趁著下一個的男人還在結巴的時候，偷瞄了我一眼。不過就是幾分鐘，我已是上一個男人。

我忍不住癡癡地跟她揮了一次手。

☽

從活動會場出來的時候，天已經灰暗了。

我在路上踢著一個空的寶特瓶走回家。拿起手機，我跟朋友說，下次這種活動我不想參加了，好尷尬。小范還在自顧自說著裡面漂亮女孩的事情。

「那個叫艾莉的女生真不錯，你覺不覺得？不過她說自己是做業務的。怎麼看都不像，不是嗎？」

我搖搖頭說不記得了。

騙人，我滿腦子都是她的樣子。但這也不是很要緊的事。

「怎麼可能不記得呢？那皮膚白白綁馬尾，笑起來好像可愛小狗的女生啊？」

快速約會，這個社交活動，是從國外傳進來一種特別型態的約會模式，提供給繁忙的都市人交友的新選擇。我是讓朋友給拉去的。因為我單身，對於下班以後，又一點具體規畫也沒有。

在密閉的場地裡面，每個人只有號碼，英文名字和臉孔。

活動開始之前，主持人說明遊戲規則：「為了避免男女雙方尷尬與保障隱私，在談話時，必須遵守不問年齡、不問聯絡方式、不拍照這三項原則。若是配對成功，這些資料就會自然送到各位手中。」

寶特瓶在路面上滾動著。我控制力道，試著讓它發出重複的聲音。

「一次見好多女生，哪記得清楚誰是誰啊。」我說。

說出來可能沒人相信，一個人的時候，我並不感到孤單。每個星期，需要工作的那五天，我只留下一點點足以塞進吃飯洗澡跟睡覺的空檔，其餘都排滿各式各樣的協商會議，報表製作，撰寫信件和紀錄。

這樣忙來忙去換得了不錯的薪水，充實的生活，對獨身一人的日子毫無抱怨。

但我躲不了空空的週末。當朋友提議，我們一起去Speed Dating吧，我找不出拒絕的理由。

「你不要害羞啦，這幾個裡面你有沒有特別喜歡的？」小范不放棄地在電話另一頭追問。

每個人都只能交談五分鐘，要怎麼特別喜歡誰呢？我不知道該怎麼回答朋友的問題，只好跟他說，讓我想一下，晚點跟你講。

在公園的長凳上坐下來，我想著，光是今天這個週末下午，一口氣便認識了十二個女生。不得不說真是有點驚人。

再過十二天，我就要三十歲了。其實我對於愛情並不迫切需要。

最終還是沒有配對成功。因為那時，我交出一張空白的單子，沒有做出選擇。

我拿起手機，打給媽媽。自從她跟另一個男人住在一起以後，我就搬出家裡，住到一個六坪大的套房。

或許是從那個時候開始，變成一個寡言的孩子。我有點生氣，覺得唯一能讓我自在說話的人，被另一個年紀很大的男人搶走了。找了一個冠冕堂皇的藉口，說是要離學校近些方便讀書，便離開了母親。

說起來那也是十幾年前的事情。

「喂？」話筒裡傳來媽媽的聲音。

「媽。我今天有事，不回家吃飯。」我沒有事，我只是好幾個小時都陷在人群中，厭倦了這種感覺。

「你這孩子，不是說好了要回來？我菜都買了。」

「對不起啦。」我說。

「有沒有記得三餐都要吃？」

「有，」我說。「我有記得。」

「再見。」

「再見。」

聽見媽媽把電話掛上發出嘟嘟聲以後，我才把手機移開耳朵。

站起來繼續走著路。一個人的時候，我覺得反而輕鬆。我不用控制誰，就能達成自己想做的事。接下來，我要在路邊買炭烤小吃，租一部科幻電影，回家看一個晚上。

手機又響了起來，我踩住寶特瓶停下腳步。螢幕顯示的，是一組未知的來電號碼。

活動形式

在快速約會活動時，雙方可以詢問互相的情況並簡短交談感興趣的話題。主持人以鳴鐘或者敲擊玻璃杯控制活動的進行。在活動最後，組織者會提供一張表格，由參與者寫出自己心儀的交談者，如果兩人都列出了對方的姓名，那麼雙方將得到對方的聯繫方式。

我們約好在一個公園裡見面。星期六上午十一點，我準時出現在她指定的入口，艾莉站在那裡對我笑，看起來非常親切，她走過來輕輕推了我一下，好像見到童年時期一起長大的堂哥。

「你那天為什麼沒選我？」艾莉穿著及膝的花裙子，快步走在樹林裡：「我以為我們兩個聊得很開心耶。」

我抓著後腦勺，明明沒有配對成功，她是怎麼拿到我的聯絡方式的？想也想不通。她那麼漂亮，我不選她，實在是因為我不習慣做沒有把握的事情。

「我想妳應該會選別人。所以……」我說。

「你都先想別人怎麼做才決定自己要怎麼做嗎？」她問，帶著戲謔的口氣，「這樣錯過我不可惜喔？」

我感覺旁邊的人在經過時都轉過頭看，彷彿想確認什麼，可能是因為她太美（身上也很香），也可能是因為我看起來很多餘的關係。

「妳還不是選了別人。那個叫傑瑞的。」我小小聲地回答。

「你果然很在意呀。」她轉頭看了我一下，那笑意更濃了，令人覺得不知所措。

「聊聊別的吧。」她提議，我點點頭。

後面的十五分鐘，我們談論了最近形成的強烈颱風，她希望能在週末來，我則希望能在週一登陸，接著我們聊了關於盲腸的必要性，「聽說沒有盲腸的人，就沒有迴光返照喔。」她說。「只能說有盲腸的人，就是沒有得過盲腸炎。」我回答。

「你這個人思考的方式有點奇怪。」我說對啊，公司很多作品牌行銷的同事，也經常抱怨這件事。

我們安靜地走了一段路。在秋天的風裡。

「他喔，那個十二號。是我的夥伴。」她沒頭沒尾地開始一個話題，我加快自己的步伐以便跟上。

「工作夥伴。」她強調。

「哪裡的十二號？」

「你這個人真的很遲鈍耶，就是上次活動裡的傑瑞啊，他是十二號。」

「喔。」

「我通常只記他的號碼，不叫他傑瑞的，他名字改來改去不好記。」

「你本來就認識他啊？」

風吹亂了艾莉的頭髮，她用手梳理開來。

「嘿，李進同。」她偏著頭頓了一下：「不好意思叫你的全名喔，我喜歡稱呼一個人的全名，因為比較有真實感。」

我說都可以，我媽生氣的時候也這樣叫我的。

「你知道我是假的嗎？在那個活動裡。」她停下腳步，坐在兩棵大樹中間的一個長椅上。吐了一口氣，像是累了。

「妳是假的什麼？」

艾莉拍拍旁邊的位子要我坐過來，我聽話地走過去。

「那種聯誼活動，總會有些椿腳之類的人，你明白嗎？就好像要維持活動的水準而不能不存在的角色。」

我似懂非懂地點點頭。

「我就是這樣的人喔，」她指指自己的胸口說。我轉過去看她的臉，她的表情有一種讓人很容易接納的成分：「我是活動嘉賓。」

「第一次參加那種約會活動，是跟朋友抱著好玩的心情去的。後來結束時，就有工作人員請我留下來，問我有沒有意願當他們的定期出席嘉賓。」

「你相信嗎？他們真的用嘉賓這個字眼……」

「妳不是寵物食品公司的業務？」我張大著眼睛，不敢相信自己花了一千六百元參加的 Speed Dating，居然只是個幌子。

「當然不是啊。說老實話我很怕狗耶。」她皺起眉頭來：「你如果認真問我狗的種類，我恐怕也沒辦法好好說清楚。」

我愣在一旁。

「唉呀，你不要擔心啦。」她見到我驚訝的表情接著說：「也不是全都騙人。只是會有幾個人，像我們這樣的，陪大家熱鬧一下，」她嘆了一口氣：「讓派對上有一些光的感覺。」

光的感覺？我覺得疑惑，不過午後的陽光灑在她臉上，的確帶著金黃的色彩。

「我們都是套好公式的，以我來說，不管發生什麼事，最後我一定得選十二號那個男生。」她接著解釋。

「因為他付多一點錢嗎？」我問。

她搖搖頭。

「他也是假的。這樣做，就會配對成功。」艾莉把兩個手掌合在一起，向我說明：「你都不知道我跟他站在一起幸福地揮手幾次了，超過五、六十次以上吧，之後我就沒有在算了。」

喔。原來如此，好特別。我說。除此之外不知道還能再說什麼。

「你第一次參加這種活動嗎？」她問。

「對啊。」我點點頭抱歉地笑。

「我記得你那天說，你好，我的工作是賣洗髮精的。我覺得很有意思。」

那天的主題是跨國企業組，只有在國際型公司上班的單身男女才能參加。我在快速消費型產業裡工作已經六年了，主要職務是建立髮類產品在廣告中的效果宣稱，輔佐相關實驗數據，向政府機關申請許可證明。

「嗯，我負責洗髮精這個產品系列。」

艾莉帶著調皮的眼神，模仿電視上的女星甩動秀髮的姿態，「還負責賣潤髮乳喔。」她說。

「潤髮乳也有，」我不太清楚這件事哪裡好笑：「另外還包括其他一些免沖洗護髮跟滋潤髮膜這類的產品。」

「但我其實想選你喔，」她甜甜地對我眨著眼睛：「如果那天不是正在工作的話。」

「你說這個『百分之九十七亞洲女性願意再買第二瓶』的宣稱，有什麼問題？」

平日的下午，一點四十五分，我剛剛吃飽飯，坐在辦公室裡，一個女同事叉著腰，將文件依序排在我面前，我調整了一下眼鏡。

「嗯，我們一項一項來看。」工作的時候，在證明別人說的話是正確以前，我都先假設是錯的。這樣才能繼續探究下去。

「這個百分之九十七的依據，是採用六百個樣本測試出來的問卷，對嗎？」我問。

「樣本數目當初是你建議的，不要現在才跟我說不行。」她不耐煩地點點頭，抓著右邊的耳朵。

「問題出在這六百個女性，全都是台灣人。」我想了想，在筆記本上寫了一些字，她還沒有意會過來。

「另外，」我繼續問著，「關於『願意再買第二瓶』這段話，是怎麼出來的？」

「問卷的第四題啊，使用過後，您是不是覺得好用，百分之九十七的樣本都勾選了『是』呀？」

「可是覺得好用不代表願意掏錢出來買第二瓶。」我提出想法：「認定上會有問題。況且她們連第一瓶也沒有買，是妳送她們試用的。」

同事焦急起來了，她開始摳著眼睛上方的皮：「那你說該怎麼辦？我去求她們一次買兩瓶嗎？」

「第一，光是一份台灣國籍的女性問卷調查，不足以代表全亞洲的女性；第二，覺得好用這個結果也不能支持會產生購買行為的論點，況且是願意再買第二瓶……」我伸出一根一根的手指加以說明，她的臉部表情開始痛苦不堪。

「那怎麼辦，產品下個月就要上市了……你現在這樣卡著……」

「產品宣稱一定要通過政府部門的許可，基於時間的因素，我建議將宣稱改成『百分之九十七台灣女性使用產品後感覺滿意』。」

「感覺滿意？這樣產品力很弱耶。」她抱怨道：「在一排貨架上，『感覺』這種東西不值錢，『滿意』聽起來也很遜……」

我聳聳肩，表示同情，「除非我們重新調整實驗方法，證明消費者主動買了一瓶以後，又接著買了第二瓶。」我說。

「那我可以第二瓶作半價嗎，促使她們多買一瓶？」

我搖著頭，穩著音調回答：「這樣做會變成『百分之九十七台灣女性因為特價才買第二瓶』。」

在心裡面，我開始覺得有一點點好笑了。

「唉呦，你這個人可不可以不要這樣啊？」

我對著她苦笑著。我們都知道，在必要時刻踩下煞車是我的職責所在，公司付我錢就是因為我很保守小心。

女同事抱著產品跟報告喪氣地走開了。我瞧見一個男同事正朝著我坐位的方向走來，便趕緊趁著空檔時間翻動著文件。等會兒要跟他解釋實驗報告中，「防止頭髮從中間斷裂」跟「強韌髮根，避免落髮」兩者天差地遠的不同。

我一向不是那種具有挑戰精神或是富有想像力的人。大部分的時候，我計算著風險度日。

今天還有其他九個產品宣稱報告會因為我而卡住。

快速約會活動優點

研究發現，平均一個月內，一個人在普通社交圈中，只能認識一位單身異性，甚至更少，而在快速約會活動的一次聚會中大約可以認識十多位希望找到另一半的異性。不同的 Speed Dating 對參加者有不同要求，例如學歷，年齡，行業，興趣等，繼而令參加者雙方都更容易找到乎合條件的對象，美夢成真。

新的週末很快就來了。艾莉的來電也跟著響起。在電話裡，我問她：

「妳私底下約我出來，這樣要加錢嗎？」

「這句話很傷人喔。李進同。」

「請不要誤會，」我說：「我絕對不是那個意思。只是有點好奇而已。」

她沉默了一會兒，接著說：「那麼我們今天去爬山好嗎？」

「好啊。」我同意，反正我也沒有其他的事要做。

跟平地不同，山裡飄著微微的細雨。她堅持不撐傘，我買了黃色的塑膠雨衣，她說不需要。同樣的雨滴，留在她臉上的那些濕潤，就多了不同的氣氛。

「今天不用工作嗎？」

「今天的組別不適合我，就沒去了。」

「喔。」我說了一個字，想再多問，但她一直賣力地向上爬著樓梯，艾莉今天穿著一雙男孩子氣的藍色球鞋，搭配黃色的短襪，很好看。

「什麼高䠷模特兒組嘛，真受不了。」專注行走的她在前頭碎碎念著，腳步越來越快。

抵達山的中間，花了半個多小時。我們在涼亭稍作休息，她變得比上次安靜很多，我有點不習慣，之前一向是由她主導話題，我負責應答的部分。關於約會和交談，她是這方面的專家。

「跟我說說你的事情好嗎？我很想知道。」過了一會兒，她才開口。

「很乏味的。」我說。

「即使很乏味也想聽你說啊。」

於是我打開水壺喝了一口茶，開始描述自己每天的生活。

「早上起來我會先做運動十五分鐘。」

「是那種原地跳，上下擺動身體的體操。」

「李進同很健康的樣子啊。」她帶著不可思議的眼神。

「不，不是的。」我搖搖頭。

「主要是一種系統轉變的機制，這是我對自己工作前的準備，要這樣跳上跳下的，把自己是人的感覺盡力甩乾淨。」

「我的工作是非常機械化的，所以本人要越像機器人越好。這樣做實驗看報告的時候，思路才會清楚。那些同理心或其他合理化的情緒，會打亂我做事的方法。」

「這種事情就是快速約會聽不到的。」她身體微微向我傾斜過來，露出想多聽一點的表情。我便接著說下去。

「做完體操以後，我就刷牙洗臉。在那個過程中也繼續上下跳動。」

「刷牙也要設定時間嗎？」

「當然有啊，三分鐘整，一百八十秒。」

「那你有按碼錶計時嗎？」

「一開始有啦。後來就習慣了。」

「看來我們有共同興趣喔。我也很會計算時間。」她上下點著頭，若有所思地說：「每次辦約會活動的時候，在交談滿五分鐘之前的五秒，我都會在心裡數著五、四、三、二、一……」

「然後玻璃杯就被敲響了嗎？」

「分秒不差地就會響起來。」她驕傲地握起拳頭，我笑了出來。

「如果可以的話，我也盡量把這份工作用機器人的方法去做呦。畢竟做久了，感情跟男生這種事情看得清楚以後，也都是一樣的。」

她的聲音低沉下來，我點點頭。腦海中出現一群斯文禽獸坐在她的對面，傻傻地流著一排口水。在她心裡，我是不是也像發情動物那樣存在著呢？

「不過，李進同同學，跟你交談的那次，我就沒有去倒數時間呢。」

這下換我驕傲地握起拳頭了，我誇張地做出了一個大力士的姿勢。

她用手指戳戳我的肩膀，「你喜歡自己現在的肌肉嗎？」她呵呵笑著。

「肌肉……不能說是喜歡，要找到更好的，我要確定有更好的肌肉才能換。」

艾莉讓我想起小青。我國中暗戀的女生。儘管是完全不同的長相，但說話時帶著調皮的笑容，是可以重疊的神情。

我們站起來繼續爬著山，雨停了，山裡漾起一陣濃霧，那霧泛著青草的味道。好像有個研究說過，霧氣是一種上帝製造的自然催情劑（當時我在網路上看了那文章，第一個反應是去找研究報告的出處）。

「李進同，麻煩再接著說你的一天啊。」

「喔。接著我就會搭公車去上班。用正常的步伐，大概走三百四十步左右就能到站牌。進公司以後會有一疊一疊的資料跟申請書信這類的東西放在我的桌上。我將信件看完，把通過審核的產品擺在右邊，需要再次申覆的放到左邊。」

「審核的過程很嚴格嗎？」

「就像被你們這些女生審核一樣困難啊，」我說：「所以我左右兩邊紙張的高差大概是這樣。」我用手比了一個約莫六十公分的高度。

「那麼你做過最厲害的廣告宣稱是什麼？」

「帶有數字性的效果宣稱吧，保證七天就能修復百分之八十的毛鱗片這類的。」

「相當不錯，將來看到洗髮精有這樣的標語，我就會買的。」

「當然呀，這是行銷部門依據市場調查的結果，」我說，「市面上百分之六十七的都會女性會被這句話打動，進而產生購買行為。主要原因是從二〇〇六年至今，染燙造型的比率逐年上升八至九個百分點……」

「你講話的樣子真的很像機器人。」她瞇著眼睛向著山頂看，額頭滲著汗水，「我可是因為知道這是李進同做的辛苦實驗，才產生的支持性購買喔。跟都會女性去染燙造型沒有關係。」

我拱手作揖，露出感激的表情。

「你會有職業傷害嗎？」艾莉問。

「難過的時候我都是去銀行刷存款簿，傷害就會好起來的。」

「可是我有喔。」

「什麼樣的職業傷害？」

「像是……我不太能真的去約會，尤其是，很討厭第一次約會。」

艾莉搖了搖頭，「兩個陌生的人要彼此認識，問一些你是什麼星座，喜歡什麼電影，家裡有兄弟姊妹嗎，一想到這種過程，就會覺得不想出門。」

「可是，沒有第一次，怎麼能有後面的幾次約會呢？」

「這就是有點麻煩的問題啊。」

站在山頂上吹風，我好像有點明白她的意思。這麼多年來，我學會如果不想要更多，就能避免失去的墜落。

但該怎麼壓抑，無論如何，都想要放膽一試的衝動？

「不只是第一次約會，真的要說起來，每次約會都會有麻煩的地方吧。」我對她說。

「是嗎？」

「第二次約會，要想怎麼讓對方喜歡，有沒有新的笑話，自己夠不夠好；第三次約會，就會問自己，要假裝到什麼時候，假裝到什麼程度，也是問題很多啊。」

她伸出拇指跟食指，捏住自己的鼻子。

太陽漸漸下山了。我們走到山腳下，明明是冬天，不知道為什麼我覺得很熱，可能是說了太多話，她讓我想開口說話，這是我自己都不了解的部分。

「那天活動結束後，我接到一通電話，問我要不要再多繳一點費用，下次可以升級到素質更好的女生族群去。」她走在前頭時，我在後面坦白跟她說。

「公司真缺錢。」她嘆了一口氣：「加錢就是去參加更多美女椿腳的聯誼活動啦。你後來同意了嗎？」

我左右搖晃著腦袋：「沒有。我想不出會有比妳可愛的女生。」

「但是從二〇〇六年至今，可愛女生的比率逐年也上升好幾個百分點吧？」

她轉過身來面向我，一板一眼地學我說話，我覺得很窘。我知道，儘管發自內心，我稱讚人的方式依舊很彆扭。

在黃昏的光暈中，她鄭重地伸出右手來。

「嘿，李進同。你應該感覺得到喔，我很高興認識你。」

我跟她友好地握握手。她的手柔軟細緻。

對她來說，我夠好了嗎？

☽

之後我們有五個星期沒有聯絡。我曾經想過主動打電話給她，但一拿起電話，就覺得害怕。

一直以來，我習慣要事先評估好風險跟機率，才能功能正常地做下一步的規畫。不然到時就連話都說不清楚。

在她所有說過的話裡，有沒有喜歡我的痕跡呢？

嘿，跟你講個故事喔。艾莉一面說著話，一面走在濕軟的泥土上。

「一個老公公要出去買東西，老婆婆說想吃霜淇淋。」

「老婆婆說，你還是拿支筆記下來吧，我怕你忘記。」

「老公公說沒問題，他可以記得。」

「但我的霜淇淋要加草莓果醬。老婆婆要求。」

「好。草莓霜淇淋。老公公回答。」

沒有任何原因，平常的我雖然喜歡安靜多一點，但我相當享受她不停說話的樣子。

她就像是春天裡一隻可愛的小松鼠在唱歌。

「老婆婆說，你還是拿支筆寫下來比較清楚。我的霜淇淋還要加點奶油。」

「老公公說，不用啦，草莓，奶油，霜淇淋。我記得住。」

我也默念了一次，草莓，奶油，霜淇淋。

艾莉吞了一口口水，淘氣地看了我一眼。

「二十分鐘以後，老公公買回來一個培根蛋給她。」

「啊，慘了。」我說。

「老婆婆看了一眼培根蛋，火大了，她說：『我就知道你會忘記！』」

「接著老婆婆生氣地問：『我的吐司呢？』」

「哈哈哈哈。」我笑得停下腳步。人居然可以老到完全不記得自己要的東西是什麼。她也站在我的旁邊，很滿意地跟著笑了。我們就站在健走、遛狗、野餐的人群中間，笑了一陣子。

「李進同，」過了一會兒她說：「我尋找的就是這個喔。」

「嚴重的健忘症嗎？」

「儘管霜淇淋跟培根蛋的差別很大，」艾莉一個字一個字地說著，像是怕我聽不清楚似地：「兩個人還是找到互相依靠的感覺。」

我轉過頭看她。剛剛不是講一個關於老人家腦袋不清楚的笑話嗎？

她的眼睛看著遠方，我們腳下是台北盆地，小小的房子車子和閃爍的光，像樂高城堡一樣組合在一起。

「是單純的依靠喔。一個人忘記了，另外一個人也忘記了。兩個人還是可以繼續相處下去，靠在一起過日子。」

某種程度上，我好像了解她說的東西，但又不是完全明白。我因此沉默了下來。

艾莉繼續說著：「你不覺得很棒嗎？在世界上能找到另一個人，可以一起愉快地聊天過日子，不用一輩子只靠自己，是稀有的事情呀。」

我幻想著她在此刻靠上自己的肩膀，我便能輕輕地碰觸她身體的一端。

但一切似乎都沒有發生，她只是側臉對著我，吸進長長的一口氣，接著吐氣。

第四次見面，停留在霜淇淋與培根蛋的笑話分享。

本場次尋求

業務、行銷企畫、編輯、空服員、公關。

男：22～38歲女：22～36歲

歡迎熱情大方，健談之單身男女！

「關於老人的笑話，我也要說一個。」我之前特地在網路上查好一個笑話，想要跟她分享。

冬天到了，寒風吹著她的臉頰，她的頭髮長了。

沒有事先約好，但我們同樣穿著棕色的外套、黑色的牛仔褲在街上走，就像一對情侶。她還多了一雙紅色的手套。

「第一年，一群老人在一家餐廳吃飯。因為這家餐廳的菜特別好吃。」

「第二年，這一群老人又回到同一家餐廳，主要是這家餐廳離老王家近。」

「第三年，他們還是在這家餐廳吃，原因是門口有斜坡，可以順利把輪椅推進去。」

「第四年，他們又選了這家餐廳聚會。」

笑話進行到高潮，我轉過身看著艾莉，她也很認真地看著我，眼底藏著期待。

「因為……」看著她的臉讓我莫名地緊張，我的腦袋一片空白，只好趕緊把印有笑話的紙張從口袋裡拿出來看。

「因為……等一下、等一下……」

我們站在馬路旁，綠亮了，人群往前移動，我的臉不知不覺脹紅了。

「沒關係，你看好再講。」她已經開始笑了。

「喔喔，這群老人在第四年又選了這家餐廳，因為他們說，這是一家新餐廳，從來沒有吃過，很想試試看。」

她摀住臉一直笑個不停。我手上還捏著那張紙，覺得自己很笨。

「唉。我講失敗了對嗎？」我問。

艾莉把身體斜過來，輕輕碰了我一下，當作一個小小的鼓勵。她是約會高手，而我不是，這件事再清楚也不過了。

「換我講一個好了。」

「好。」

「有一個老先生跟老太太結婚很久了，一天晚上激情過後，老先生跟老太太聊天，他指著自己的那裡，問老太太：「老婆，妳都叫它甚麼？」

老太太說：「小雞雞啊！」

老先生覺得老太太很幼稚，他說：「我們都是成年人了，這個要叫它陽具。」

老太太接著說：「陽具我看多了！你這支只能算小雞雞！」

說完以後她自己笑起來。紅色毛線織成的手套占滿了她整個臉。

「怎麼樣？好笑嗎？」

「這算是老人的笑話嗎？」

「其實是新婚夫妻的笑話，我把它改成老人的笑話。」

「結婚這麼多年，太太這樣說先生，有點挑釁吧。」

「唉呦，老太太見多識廣，哪有不挑釁的啦。」

☽

之後我們又陸陸續續地見了幾次面。

大部分的時間，我們在路上走著聊天，她告訴我一些好笑又新鮮的事，我則解釋著一些關於洗髮精成分的話題。

艾莉沒有提過她真正的姓名，我也沒有追問的意思。她會不會其實有男友，會不會最後拋下男友發現真愛其實是我，都不在我們談論的範圍。

我們很少坐車，想要去哪邊，我們就花多一點時間走過去。

耶誕節就要到了，媽媽寄了一條耶誕樹的圍巾來，問我何時一起吃飯。這些年我都跟媽媽一起過節。

艾莉打電話來，問我耶誕節的計畫，我問要不要跟我媽媽一起吃飯？這個問題冒了多餘的風險，讓我呼吸急促。

她答應了。

「是以朋友身分對嗎？」她問。

我想要積極一點，就像其他男生會做的事情一樣。但我什麼都沒說。

「我們可以先去散步嗎？下午的時候？」她又問了另一個問題。

跟她約定後，我把電話放下，將皮夾放進牛仔褲口袋裡。我要去買耶誕節禮物，給一個不喜歡第一次約會的女孩。

而那些想不清楚的事，我就先不想了。

就像霜淇淋跟培根蛋。

備註 原文〈快速約會〉，改編自《FYI，我想念你：葉揚短篇小說集》，二〇一二年出版。

後記

十多年前，寫下這些短篇的我，是萬萬想不到，十多年後我還在這裡，還在為了成為一個作者而努力。

都說寫作是孤獨的，對我而言不是這樣，需要發洩的時候，我可以躲在小說裡揮拳，小說創作帶給我的自由空氣，遠超過出國旅行。

平日的我跟寫小說的我有一段距離。真實生活裡，我扮演的角色是一個母親，兩個小男孩在身邊吵吵鬧鬧，說要喝果汁、吃冰淇淋，這樣的身分與創作之間經常存有一段距離，也讓我感到氣餒。

我常被問怎麼還有時間寫小說，原因只有一個，就是我太需要小說了，寫得好寫得壞，我都不能把這件事從心裡深處卸下來。漸漸地，抓住時間的空隙，一點一點地去寫，成為小說作者這件事，再也不是單方面的追求——

這些故事反過來支持著我。

在夜晚的夢境裡，角色開口問著：你是誰？我怎麼在這裡？接下來呢？為什麼呢？他們每現身一次，每衝撞一次，就多一次幫助我，成為一個能夠用虛構故事把內心觀點建立起來的人。

對於擁有這樣緩緩集中起來，讓視野漸漸清晰的實體，我的心感到踏實。

這本書要謝謝我的編輯貝莉，我們從《我所受的傷》開始合作，經過了《總裁獅子頭》，到現在《月球的一面》。她用很大的寬容跟很深的理解支持著我的寫作，每當我懷疑自己時，她是我的依靠。

同時謝謝我的母親林女士，這本書也是由她協力校稿，她的仔細令人望塵莫及，有天林女士問我：「妳怎麼想得出這些故事？」我偷偷得意。

讀者也是我珍惜的，能成為各位喜愛的作者真好，真心希望你們能看到我正深深鞠躬謝謝大家的支持。寫這篇後記時，我一邊想像你們在自己的家裡拿著我的書的樣子，請不要小看你們的重要性。

「傷害是如何產生的？」

「痛是怎麼變成痛苦的？」

「為什麼我就是不能單純當個好人，去原諒壞人？」

「事情會變成這個樣子，是不是因為我很軟弱？」

如果這本小說裡的故事，能讓你想起——「原來我的心曾經受過相似的傷」，「我有一部分是因為無助而變粗糙的」，那麼就很好。

舞台劇中，上一幕跟下一幕中間，會有暗燈，這個短暫無光的過渡，是為了讓台上的道具跟擺設有足夠的時間做整理。相同的道理，人生在世，不可能每天都是細嫩光滑，順利無縫，失常沒有關係，茫然沒有關係，大家都一樣，誰都不用在慘摔後馬上站起來。一旦明白這一點，人就可以接受燈光暗下的那一段孤獨。

我理解你，這些故事也在用相同的方式保護你。

因為這樣的意願，我們之間在靠近。

LF007
《月球的一面》葉揚短篇小說集

作　　者：葉　揚
執行編輯：賀郁文
編輯協力：林　芝
裝幀設計：犬良設計
內頁排版：陳佩君

內容行銷經理：呂嘉羽
業務主任：楊善婷
副總編輯：吳愉萱

發 行 人：賀郁文
出版發行：重版文化整合事業股份有限公司
臉書專頁：https://www.facebook.com/readdpublishing
聯絡信箱：service@readdpublishing.com

總 經 銷：聯合發行股份有限公司
地　　址：新北市新店區寶橋路 235 巷 6 弄 6 號 2 樓
電　　話：(02)2917-8022　　傳　　真：(02)2915-6275

法律顧問：李柏洋律師
印　　製：沐春行銷創意公司

一版一刷：2024 年 8 月
定　　價：新台幣 360 元

國家圖書館出版品預行編目 (CIP) 資料
月球的一面：葉揚短篇小說集 / 葉　揚著 . -- 一版 .
-- 臺北市：重版文化整合事業股份有限公司 , 2024.08
　面；　公分
ISBN 978-626-98641-3-3(平裝)

863.57　　　　　113010280